Julia Sand

Maries Christbaumspitze

Roman

Ehrenwirth

Ehrenwirth ist ein Imprint der
Verlagsgruppe Lübbe

Originalausgabe

Lektorat: Cornelie Kister
Einbandgestaltung:
Christina Krutz & Harald Braun, Riedlhütte
Satz: Bosbach Kommunikation & Design GmbH, Köln
Gesetzt aus der Adobe Caslon
Druck und Einband: GGP Media GmbH, Pößneck

Printed in Germany
ISBN 3-431-03618-X

1 3 5 4 2

Sie finden die Verlagsgruppe Lübbe im
Internet unter www.luebbe.de

Für meine Mutter

ERSTES KAPITEL

Weiße Weihnachten, ausgerechnet in diesem Jahr! Das würde alles noch schwerer machen.

Eva Roth brachte die Radio-Stimme, die sich über das angekündigte Wetter freute, mit einem Knopfdruck zum Schweigen. Sie presste die Stirn an die kalte Fensterscheibe in ihrem Schlafzimmer und sah hinaus in den trüben Morgen; ihre Augen folgten dem trägen Lauf des Nordhorn-Almelo-Kanals, der jenseits der Straße vorbeifloss. Ein paar Blässhühner suchten am Ufer nach Futter, die Köpfe dicht über dem Boden.

Wie die Kastanien an der Straße vor ihrem Haus streckten auch die Linden, die eine schmale Allee auf der anderen Seite des Kanals säumten, ihre kahlen Äste zum bleifarbenen Himmel. Unvorstellbar, dass aus diesen dürren Holzfingern jemals wieder Leben sprießen würde.

Noch drei Tage bis Heiligabend.

Sie trat einen Schritt zurück. Der Abdruck ihrer warmen Stirn hinterließ auf dem eisigen Glas eine matte Stelle, die schnell kleiner wurde, aufgezehrt von der Kälte ringsum. Sie kehrte der verschlafenen Winterlandschaft den Rücken zu und nahm den dunkelblauen Morgenmantel vom Haken. Als sie hineinschlüpfte, war er so kalt, dass sie ihn fest um sich wickelte, damit er so schnell wie möglich ihre Körperwärme annehmen konnte.

Die Kinder schliefen noch – heute war Sonntag. Morgen mussten sie noch einmal zur Schule, dann begannen die Weihnachtsferien.

Seit dem schrecklichen Unfall vor fast einem Jahr war dies kein fröhliches Haus mehr. Es war ihr Wunsch gewesen, die drei Toten zu sehen, obwohl alle ihr abgeraten hatten. »Behalten Sie Ihren Mann und Ihre Schwiegereltern lieber so in Erinnerung, wie sie zu Lebzeiten ausgesehen haben, Frau Roth.«

Aber sie hatte auf niemanden gehört. Ganz allein war sie zu dem Bestattungsunternehmer gefahren, der die Toten für sie aufgebahrt hatte. Hinterher war sie wie versteinert gewesen.

Sie waren in Italien gestorben. Ihr Mann hatte seine Eltern vorzeitig aus dem Winterurlaub in den Dolomiten abgeholt, weil es seinem Vater nicht gut ging und seine Mutter die lange Strecke nicht allein fahren wollte. Er war nach Mailand geflogen, ein Freund hatte ihn zum Flughafen gebracht. Am liebsten hätte sie ihn begleitet, aber sie hatte ihre vier Kinder nicht allein lassen können.

Der Unfall war von einem Lastwagen verursacht worden, dessen Fahrer am Steuer eingeschlafen war. Ihr Mann und ihre Schwiegereltern waren sofort tot gewesen. Der Lastwagenfahrer war später im Krankenhaus gestorben.

Sie hatte noch deutlich das letzte Bild von Michael vor Augen: wie er lachend in das Auto des Freundes stieg, der ihn nach Amsterdam bringen wollte. »Bis übermorgen!«, hatte er ihr und den Kindern fröhlich zugerufen. Seine letzten Worte.

Am 6. Januar war das gewesen. Der Weihnachtsbaum hatte noch im Wohnzimmer gestanden.

Und nun stand wieder ein Weihnachtsfest bevor. Das erste ohne Michael.

Nein, es war kein fröhliches Haus mehr. Niko, ihr Ältester, war still und fügsam geworden, statt zu rebellieren, wie es bei einem Dreizehnjährigen normal gewesen wäre. Der übermütige Paul floh so oft es ging zu seinem Freund, Julia hatte sich eine Fantasiewelt geschaffen. Am meisten Kummer bereitete ihr jedoch Marie, die Michaels Nesthäkchen gewesen war. Marie hatte seine strahlenden Augen, seine blonden Haare, sogar sein Lachen. Nach dem Tod ihres Vaters war sie verstummt. Eine Psychologin hatte zu Geduld geraten.

Im Bad vermied sie jeden Blick in den Spiegel, während sie sich Gesicht und Hände wusch. Dann zog sie den Kamm einige Male durch ihre störrischen Haare und stieg die schmale, unbequeme Holztreppe hinunter ins Erdgeschoss.

In der Küche begann sie, den Tisch für das Frühstück zu decken. Früher hatte sie sich oft über die Eintönigkeit ihrer Pflichten beklagt: Jetzt war es gerade die tägliche Routine, die ihr dabei half, den Alltag zu bewältigen. Den Alltag? Eher wohl ihr Leben. Oder das, was davon noch übrig war.

Sie zog den Morgenmantel aus, schlüpfte in ihren Jogginganzug, den sie am Abend zuvor hier unten bereitgelegt hatte, und zog ihre Laufschuhe an.

Erst vor einem halben Jahr hatte sie mit dem Laufen begonnen. Es ging ihr dabei weniger um die Bewegung als um den Wunsch, die Gedanken aus dem Kopf zu vertreiben. Sie flogen davon, wenn Eva lief, sie war dann nur noch damit beschäftigt, zu atmen und ihre Beine gleichmäßig zu bewegen. Das Glücksgefühl, von dem Marathonläufer zu berichten wussten, stellte sich bei ihr nie ein, denn so lange lief sie nicht. Aber wenn sie ihre Runden um den See drehte – mindestens zwei, manchmal auch drei oder vier, konnte sie vergessen. Nur dann.

Am Fuß der Treppe blieb sie stehen und lauschte, aber noch immer war alles still. Leise schloss sie die Haustür auf und trat nach draußen. Sofort flog ihr Atem als weiße Säule nach oben. Sie schauderte, es war schneidend kalt. Mit einem knappen Gruß eilte ihr neuer Nachbar vorbei, die Sonntagszeitung unter dem Arm.

Vor zwei Monaten schon waren Alice und Gerhard Bergmann, ihre langjährigen Nachbarn, weggezogen. Sie wohnten jetzt in einem Seniorenheim, weil sie allein nicht mehr zurechtgekommen waren. Eva hatte am Tag ihres Umzugs geweint; die beiden waren ihr gute Freunde gewesen, hatten ihr in der Zeit der größten Verzweiflung zur Seite gestanden. Sie lebten nun in einer anderen Stadt, in der Nähe ihres Sohnes. »Wir denken so oft an Sie, Frau Roth«, hatte Alice Bergmann bei ihrem letzten Anruf gesagt.

Im Nachbarhaus wohnte seit einigen Wochen der Mann mit der Zeitung. Eva kannte nicht einmal seinen Namen.

Sachte zog sie die Haustür hinter sich zu, steckte den Schlüssel tief in eine Tasche ihrer Hose und prüfte vorsichtig die Glätte der Stufen vor der Haustür. Keine Gefahr, alles war trocken.

Sie öffnete die Gartenpforte, ging ein Stück nach rechts, wo die breite Ringstraße über den Kanal führte, überquerte ihn, bog nach links ab auf die Allee und lief die Böschung zum Seeufer hinunter. In der Ferne sah sie eine Läuferin, sonst war sie allein.

In der Mitte des Sees hatten sich Wasservögel versammelt, eine große hell-dunkel gesprenkelte Kolonie, durch das Wasser beständig in sanfter, schaukelnder Bewegung. Ab und zu erhob sich einer der Vögel in die Luft, umkreiste die anderen mit schnellen Flügelschlägen, stieß einige Schreie aus und suchte sich einen neuen Platz. Die Schreie waren das einzige Geräusch in der Stille des Morgens.

Langsam, nach einem Blick auf die Uhr, begann Eva zu laufen. Der See war nicht sehr groß, sie brauchte eine knappe Viertelstunde, um ihn zu umrunden. Ursprünglich war er als Sandrückhaltebecken für die ausgebaute Vechte geplant gewesen. Doch mit den Jahren hatte er sich zu einem kleinen Freizeitparadies entwickelt: Angler trafen sich hier, um verborgen im dichten Schilf ihr Glück zu versuchen; ein Bootsclub hatte sich angesiedelt, ebenso ein Lokal, in dem man im Sommer unmittelbar am Ufer sitzen und essen und trinken konnte; Naturliebhaber kamen, um die Vögel zu beobachten; auch Spaziergänger und Radfahrer genossen die friedliche Atmosphäre am Wasser.

Sie erreichte eine der Schmalseiten des Sees. Er war viel länger als breit. Sie fand, dass er die Form eines Fisches hatte, eines Fisches mit offenem Maul, der verzweifelt nach Luft zu schnappen schien.

Allmählich wurde ihr warm. Die andere Läuferin kam ihr entgegen, sie tauschten einen kurzen Gruß, mehr nicht.

Nach der ersten Runde warf sie einen Blick zu ihrem Haus hinüber. Es lag so friedlich und still da – die Kinder schliefen sicher noch. Es war Michaels Elternhaus gewesen. Als sich das dritte Enkelkind ankündigte, hatten die Schwiegereltern das Haus ihrem Sohn und seiner Familie überlassen und waren in eine Wohnung gezogen. Es war ein Backsteinhaus, typisch für diese Gegend nahe der niederländischen Grenze: quadratisch, mit spitzem Dach und vier Fenstern zur Straße hin, je zwei im Erdgeschoss und im ersten Stock. Die Fenster gaben dem Haus das Gesicht, das sie immer als freundlich empfunden hatte. Jetzt war sie dessen nicht mehr sicher.

Das Haus war nicht sehr geräumig, jedenfalls nicht für eine Familie mit vier Kindern. Es war alt, hier und da unpraktisch, aber gemütlich. Es trug den Stempel, den seine Bewohner ihm im Laufe der Jahre aufgedrückt hatten. Es gehörte zur Familie.

Sie lief schneller. Ihr war jetzt sehr warm, sie spürte, wie ihr das dünne Hemd, das sie unter dem Jogginganzug trug, am Leib klebte. Die andere Läuferin war verschwunden.

Sie beschleunigte noch einmal. Als sie die Gartentür aufstieß, keuchte sie, ihr Gesicht war schweißnass. Leise schloss sie die Haustür auf und ging zuerst in die Küche. Alles war so, wie sie es vor einer knappen halben Stunde verlassen hatte. Demnach schliefen die Kinder noch.

Sie trank ein Glas Wasser, starrte auf die Straße hinaus und wartete darauf, dass ihr Atem sich beruhigte. Die wunderbare Leere in ihrem Kopf verschwand, die Gedanken kehrten zurück. Sie hatten ihr nicht gerade lange Frieden gegönnt.

In der Ferne läuteten Glocken. Der letzte Sonntag vor dem Fest. Sie würden alle zusammen am ersten Feiertag in die Kirche gehen. Wie jedes Jahr. Nur dieses Mal ohne Michael.

Niko Roth hörte, dass seine Mutter leise die Haustür aufschloss, als sie vom Joggen zurückkehrte. Er verfolgte ihren Weg durchs Haus. Zuerst ging sie in die Küche, wo sie ihr Glas Wasser trank. Sie blieb lange dort. Er stellte sich vor, dass sie an der Spüle lehnte und nach draußen sah, die Augen auf etwas gerichtet, das außer ihr niemand sah. Er fürchtete sich vor dem Ausdruck auf ihrem Gesicht, wenn sie diesen abwesenden Blick hatte. Er wusste, woran sie dachte, und er hätte sie gern getröstet, doch immer, wenn er es versuchte, kam er sich unbeholfen vor.

Er war der Älteste, dreizehn war er vor zwei Monaten geworden. Wenn er seine Mutter nicht tröstete, wer sollte es dann tun?

Er hörte sie nach oben kommen, die Holztreppe knarrte, obwohl sie versuchte, die Stufen, die besonders laut waren, zu vermeiden. Hastig wischte er sich über die Augen, die nass geworden waren, weil ihre Rücksichtnahme ihn rührte. Es war ihm in diesem zurückliegenden Jahr öfter passiert, dass ihm plötzlich Tränen in die Augen geschossen waren.

Er stand auf und stieß dabei mit dem Kopf an das obere Bett. Pauls Kopf erschien, er blinzelte verschlafen. »Was ist los?«, murmelte er.

»Nichts, ich hab mich nur gestoßen.«

»Wie spät ist es denn?«

»Zu früh für dich«, antwortete Niko. Er wollte gern eine Weile mit seiner Mutter allein sein.

»Gut«, brummte Paul und rollte sich auf die andere Seite, wobei er sich die Decke bis über die Ohren zog.

Niko schaute aus dem Fenster: ein Wintermorgen wie jeder andere. Er zog ein Sweatshirt an, stieg leise in seine Jeans und ging nach unten. Er benutzte die Gästetoilette, wusch sich die Hände und spritzte sich ein bisschen Wasser ins Gesicht.

In der Küche war der Frühstückstisch gedeckt. Der Filter der Kaffeemaschine war bereits eingelegt, auch Wasser war eingefüllt, nur das Kaffeepulver fehlte noch. Er maß es sorgfältig ab, er wusste genau, wie seine Mutter ihren Kaffee liebte. Zum Schluss gab er noch einen Extra-Löffel dazu und stellte die Maschine an.

Bald verbreitete sich intensiver Kaffeeduft in der Küche. Er stellte das Radio an, allerdings sehr leise. » … weiße Weihnachten«, sagte eine Stimme verheißungsvoll, was ihn dazu veranlasste, es umgehend wieder auszuschalten. »Sentimentaler Quatsch!«, sagte er laut und spülte das leere Glas, aus dem seine Mutter vorhin ihr Wasser getrunken hatte. Er fragte sich, woran sie dachte, wenn sie lief. Einmal hatte er sich getraut, ihr diese Frage zu stellen.

»An nichts«, war ihre Antwort gewesen, »das ist ja das Schöne, Niko!«

An nichts. Das konnte er nicht glauben. Wie sollte man verhindern, dass man dachte? Er zum Beispiel hätte gern einmal nicht an Emma gedacht. Doch wie sehr er sich auch anstrengte, es gelang ihm nicht, sie aus seinem Kopf zu vertreiben, sie hatte sich fest darin eingenistet.

Gern hätte er seiner Mutter von Emma erzählt, aber bisher hatte er sich nicht getraut. Vielleicht klappte es heute beim Frühstück.

Die Tür wurde geöffnet, seine Mutter kam herein. Schmal und blass, wie er sie seit fast einem Jahr kannte, die lockigen braunen Haare noch feucht von der Dusche. Sie föhnte sie nie, sondern ließ sie immer an der Luft trocknen. Er fand, dass sie sehr hübsch aussah, doch das sagte er ihr nicht mehr. Einmal hatte er es getan, daraufhin waren ihr Tränen in die Augen geschossen, und sie hatte sich hastig abgewandt. Seitdem überlegte er sich stets sehr sorgfältig, was er sagte. Er wollte sie nicht noch einmal zum Weinen bringen.

Sie schenkte ihm ein schnelles Lächeln, das er fast noch trauriger fand als ihren abwesenden Blick. »Hallo, mein Großer«, sagte sie, trat auf ihn zu und küsste ihn liebevoll auf eine Wange. »Du hast ja schon Kaffee gekocht!«

»Und du warst schon joggen«, erwiderte er, froh darüber, dass sich ihr Gespräch so anhörte, als seien sie eine ganz normale Familie, in der sich Mutter und ältester Sohn am Sonntag als Erste in der Küche trafen.

»Ja, zwei Runden. Sollen wir beide schon mit dem Frühstück anfangen?«

Er nickte. »Die anderen schlafen bestimmt länger.«

Sie setzten sich. »Wann soll ich den Baum aufstellen?«, fragte er vorsichtig und wusste im selben Moment, dass er das Falsche gesagt hatte, denn ihr Blick trübte sich. Noch nie hatte er den Baum aufgestellt, es war doch klar, dass ihr das sofort einfallen würde. Hastig setzte er hinzu: »Na ja, das hat ja Zeit bis übermorgen, nicht?«

Sie nickte stumm, und er nahm all seinen Mut zusammen. »Findest du, dass Emma ein schöner Name ist, Mama?«

Sie öffnete den Mund, um ihm zu antworten, als sich ihre Haltung plötzlich veränderte: Sie saß angespannt da und lauschte auf das Tapsen nackter Füße über den Holzboden im ersten Stock.

»Marie«, sagte er leise. Auch heute Morgen würde er mit seiner Mutter kein Gespräch über Emma führen können.

Marie war leise aufgestanden, ihre kleinen Füße fanden den Weg fast von allein. Sie hatte die Augen nur einen Spaltbreit geöffnet, gerade so, dass sie genug sehen konnte, um sich nirgends zu stoßen. Ihren Plüschlöwen fest an sich gepresst, öffnete sie die Tür, lief über den Flur und war auch schon in dem Schlafzimmer auf der anderen Seite verschwunden.

Hier stand ein breites Bett, in dem bequem zwei Erwachsene schlafen konnten. Und ein Kind fand zusätzlich darin Platz.

Marie umrundete das Bett und bestieg es dort, wo es glatt und unbenutzt wirkte, zog aber sofort von der anderen Seite die Decke zu sich heran, um sich darin einzuwickeln. Ihr Plüschlöwe lag neben ihr, sie streichelte ihn tröstend und wischte ihm mit einem Taschentuch imaginäre Tränen aus den Augen, wobei die eigenen, noch immer halb geschlossen, trocken blieben.

Ab und zu hielt sie inne und streckte einen Arm aus. Wie ein verirrtes Vögelchen glitt ihre Hand dann über das glatte, kühle Laken, auf der Suche nach etwas, was sie nicht fand. Eine Weile verharrte die Hand im Niemandsland, bevor sie zu dem Plüschtier zurückkehrte, um ihm erneut die Augen auszuwischen. Bis sich der Arm das nächste Mal suchend ausstreckte, wiederum vergeblich. Das wiederholte sich mehrmals, vollkommen lautlos.

Eva lauschte. »Ich werde mal nach ihr sehen.«

Niko nickte nur.

Eva verließ die Küche und stieg nach oben in den ersten Stock. Die Tür zu ihrem Schlafzimmer stand einen Spalt offen. Sie öffnete sie ganz und trat ein. Beim Anblick ihrer jüngsten Tochter, die in dem großen Bett winzig wirkte, schossen ihr Tränen in die Augen. »Marie«, flüsterte sie. »Mariechen!«

Das Kind im Bett schien sie nicht gehört zu haben. Es hatte einen Arm ausgestreckt, die Hand glitt tastend über das Laken. Es war der Anblick dieses vergebens ausgestreckten Arms, der Evas mühsam aufrechterhaltene Selbstbeherrschung zum Einsturz brachte. Sie blieb an der Tür stehen, lehnte sich an den hölzernen Rahmen und weinte still.

Sie wusste nicht, wie lange sie dort gestanden hatte. Erst als sie hörte, dass Paul sich in seinem Zimmer zu regen begann, wischte sie sich hastig die Tränen ab, putzte sich die Nase und ging zu Marie, deren Hand nicht länger suchend über das Laken glitt. Stattdessen tupfte sie ihrem Löwen mit einem Taschentuch über die Augen – das kleine Gesicht blass und ernst.

Eva setzte sich zu ihr. »Steh auf, Marie!«, sagte sie liebevoll. »Niko und ich sitzen schon unten und frühstücken. Dein Löwe und du, ihr habt doch sicher auch Hunger.«

Marie setzte sich auf und umschlang sie mit beiden Armen. Wie dünn sie war, wie zart! Und ihr Herz schlug so heftig, als habe sie gerade einen großen Schrecken überstanden. Eva hielt sie ganz fest, drückte ihre Lippen in das feine blonde Haar und murmelte: »Ist ja gut, meine Kleine. Ist ja gut.«

Die Worte kamen ihr so unzulänglich vor, aber wie sollte sie Marie auch trösten, wenn sie selbst trostbedürftig war?

Schließlich ließ Marie sie los und stieg folgsam aus dem breiten Bett. Der Abdruck ihres kleinen Körpers an der Stelle, die seit langen Monaten verwaist war und wo früher Michaels großer, warmer Körper Spuren hinterlassen hatte, war ein so rührender Anblick, dass Eva beinahe wieder die Tränen gekommen wären. Aber sie erlaubte es sich nicht, noch einmal zu weinen. Schon oft hatte sie sich gefragt, ob ihr Vorrat an Tränen eines Tages erschöpft sein würde, doch bisher sah es nicht danach aus.

Sie half Marie noch bei der Morgentoilette und wollte gerade mit ihr nach unten gehen, als Julia auftauchte. »Hallo, Mama!«, sagte sie und verschwand eilig im Bad.

»Geh doch schon nach unten, Marie!«, sagte Eva. »Ich sehe mal nach, was Paul macht.«

Marie presste ihren Plüschlöwen, der sie fast überallhin begleitete, an sich und stieg die Treppe hinunter.

Eva klopfte an die Zimmertür, wie die Kinder es seit geraumer Zeit verlangten. Paul saß mit baumelnden Beinen auf seinem Bett und rieb sich die Augen. »Morgen, Mama.«

»Guten Morgen, du Langschläfer. Julia ist gerade im Bad. Sie beeilt sich. Sieh doch zu, dass du auch fertig wirst, dann können wir alle zusammen frühstücken.«

Eine richtige Antwort erhielt sie nicht. Gleich nach dem Aufstehen war mit Paul nicht viel anzufangen, aber er nickte immerhin, also würde er wohl bald unten auftauchen. Sie kehrte in die Küche zurück, wo Niko noch genau so dasaß wie zuvor. Marie kletterte gerade auf ihren Stuhl.

Eva versuchte sich zu erinnern, welche Frage Niko ihr gestellt hatte, als sie von Marie abgelenkt worden war. Etwas mit einem Mädchen … »Du wolltest mich doch vorhin etwas fragen«, sagte sie.

Sein Blick glitt zu Marie hinüber, dann zurück zu seiner Mutter. »Ob du den Namen Emma schön findest«, sagte er.

Marie nickte, als habe er die Frage ihr gestellt, aber Niko bemerkte es gar nicht.

Eva war überrascht. Es konnte nur einen Grund geben, warum er ihr diese Frage stellte. »Ja«, sagte sie langsam, sorgfältig darauf bedacht, sich ihre Überraschung nicht anmerken zu lassen. »Emma ist ein sehr schöner Name.«

Sie wurde durch ein strahlendes Lächeln belohnt, das ihr schmerzlich bewusst machte, wie selten sie ihre Kinder in den letzten Monaten hatte lächeln oder lachen sehen.

Von oben war Gepolter zu hören, dann schrie Paul voller Empörung: »Gib es sofort wieder her, verdammt!«

»Ich hab's mir doch bloß ausgeliehen! Was ist daran so schlimm?«

»Du kannst dir nicht einfach was ausleihen, was mir gehört! Frag gefälligst vorher!«

»Du würdest es mir doch nie geben, wenn ich frage!«

Schnelle Schritte waren zu hören, eine Tür fiel mit lautem Knall ins Schloss, der Streit ging weiter, war aber nur noch gedämpft zu hören.

Das Lächeln war von Nikos Gesicht verschwunden. Eva griff nach seiner Hand und drückte sie kurz. »Wir reden später darüber, ja?«

Er nickte, blieb aber stumm. Später oder nie. Gute Gelegenheiten ergaben sich nicht so häufig.

»Was war denn los?«, erkundigte sich Eva, als Julia und Paul kurz nacheinander in der Küche erschienen.

»Immer klaut sie mein Fernrohr«, schimpfte Paul.

»Ich hab's nicht geklaut, nur geliehen.«

»Ich will aber nicht, dass du's dir leihst. Wenn du dringend ein Fernrohr brauchst, wünsch dir selbst eins. Es ist mein Fernrohr!«

»Mama!«, beschwerte sich Julia. »Warum darf ich mir Pauls Fernrohr nicht ausleihen?«

»Es ist seins«, stellte Eva fest. »Er entscheidet, ob er es ausleiht oder nicht.«

Paul warf seiner jüngeren Schwester einen triumphierenden Blick zu, während Julia beleidigt die Lippen zusammenpresste.

»Warum willst du es Julia nicht leihen, Paul?«

»Darum eben. Es gehört mir, niemand kann mich zwingen, es zu verleihen. Und sie benutzt es sowieso nur zum Spionieren.«

»Tu ich nicht!«, schrie Julia.

»Wofür hast du das Fernrohr denn gebraucht, Julchen?«

Das Mädchen ließ sich Zeit mit der Antwort, so lange, bis Paul schließlich herausplatzte: »Sie hat garantiert wieder den Mann von nebenan beobachtet. Das macht sie doch sowieso dauernd.«

»Stimmt ja gar nicht!« Julias Gesicht lief rot an.

»Stimmt wohl!«

»Hört auf!«, bat Eva. Sie fühlte sich dieser Auseinandersetzung nicht gewachsen, nicht jetzt. »Ich möchte gern in Ruhe frühstücken.«

»Wenn du so dringend ein Fernrohr brauchst«, warf nun Niko ein, »hättest du dir eben eins zu Weihnachten wünschen müssen, Julia.«

Sie funkelte ihn böse an, antwortete jedoch nicht.

Evas Blick fiel auf Marie, die dem Streit ihrer Geschwister scheinbar keine Aufmerksamkeit widmete. Sie trank

Milch und aß ein Brot, von dem sie ab und zu auch ihrem Löwen ein Stück anbot. Sie sah kaum auf, ihr Gesicht zeigte keine Regung; dennoch war Eva sicher, dass ihr kein Wort entgangen war.

Sie wechselte das Thema. »Was habt ihr heute vor?«

»Ich gehe zu Bülent«, sagte Paul. Bülent war sein bester Freund, die beiden hingen ständig zusammen. Früher war Bülent oft zu den Roths gekommen, jetzt ging Paul immer zu ihm.

»Bülent, Bülent«, wiederholte Julia, die immer noch böse auf Paul war wegen des Fernrohrs. »Warum musst du einen Freund mit so einem komischen Namen haben?«

Paul war so verblüfft, dass er nicht sofort antwortete.

»Bülent findet vielleicht ›Julia‹ komisch«, sagte Niko.

»Na und? Ist mir doch egal!« Julia ärgerte sich nun auch noch über Niko, der sie wieder einmal wie ein Baby behandelte.

»Wir gehen vielleicht ins Kino«, sagte Niko. »Wir« – das war eine wechselnde Gruppe von Freunden, die Eva zum größten Teil kannte. »Oder wir machen was anderes. Mal sehen.«

»Und wie ist es mit dir, Julchen?«

Evas Stimme klang sanft, und als Julia ihrer Mutter einen vorsichtigen Blick zuwarf, schenkte die ihr ein Lächeln. Sofort fühlte Julia sich besser, zeigte es jedoch nicht. So schnell war sie nicht bereit, Pauls Vorwürfe und Nikos Besserwisserei zu vergessen. Sie zuckte mit den Schultern.

»Wollen wir zusammen auf den Weihnachtsmarkt gehen?«, fragte Eva. »Da sind wir bisher noch gar nicht gewesen.«

»Ist gut«, sagte Julia, bemüht, ihre Freude über diesen Vorschlag zu verbergen, was ihr jedoch nicht gelang.

»Willst du mit uns gehen, Marie?«

Die Kleine schüttelte entschieden den Kopf.

»Bist du mit deiner Freundin verabredet? Mit Lisa?« Es war Eva ein Rätsel, wie ihre stumm gewordene Jüngste sich mit Lisa verständigte, die am Ende der Straße wohnte, aber Lisas Mutter hatte ihr schon mehrfach versichert, das sei kein Problem, die beiden Mädchen verstünden einander, auch ohne dass Marie sprach.

Marie nickte.

»Also gut«, meinte Eva. »Dann gehen Julia und ich eben allein.«

Nun strahlte Julia ganz unverhohlen: Sie würde ihre Mama endlich einmal ganz für sich haben!

Eva sah Marie nach. Dick eingemummelt hatte sie sich auf den Weg zu ihrer Freundin Lisa gemacht, die nur vier Häuser weiter die Straße hinunter wohnte. Vor Lisas Haus blieb die Kleine stehen, drehte sich um und winkte. Eva winkte zurück. Marie wollte selbstständig sein, nicht überallhin von ihrer Mutter begleitet werden. Es war nicht leicht für Eva, diesem Wunsch nachzugeben. Aber wenn Marie sich die Welt allein erobern wollte, dann war ihre ruhige kleine Straße für den Anfang wohl genau das Richtige.

Einige Minuten später verließen Eva und Julia das Haus. Sie hatten es nicht weit bis zum Weihnachtsmarkt – in Nordhorns Innenstadt, an deren Rand sie wohnten, lag alles dicht beieinander. »Sollen wir am Kanal entlanggehen?«, schlug Eva vor. »Und dann über die Vechte? Der Weg ist schöner als durch die Stadt.«

»Aber ich will durch ein Tor gehen!«, sagte Julia. »Nicht einfach mitten rein.«

»Gut. Dann müssen wir in der Stadt nur einen kleinen Bogen schlagen.«

Julia hüpfte neben ihrer Mutter her, in Gedanken schon bei dem, was sie erwartete. »Kaufen wir auch was, Mama?«

»Mal sehen. Vielleicht. Wenn wir etwas Schönes finden.«

Es war noch kälter geworden, der angekündigte Schnee ließ jedoch auf sich warten. Julia griff nach Evas Hand. »Komm schneller, Mama!«, drängte sie.

Die Fußgängerzone hatte ein Festgewand aus Lichtern, Weihnachtssternen und Tannenschmuck angelegt. Man betrat sie von beiden Seiten durch Tore, die nur am Jahresende errichtet wurden und an mittelalterliche Stadttore erinnerten. Ihre Inschriften hießen die Besucher auf Deutsch und Niederländisch willkommen und wünschten ihnen ein frohes Fest: Da die Grenze zum Nachbarland in unmittelbarer Nähe lag, kamen viele Niederländer nach Nordhorn. Vielleicht, so wurde erzählt, würden die beliebten Tore im nächsten Jahr nicht wieder aufgestellt werden: zu teuer, zu viel Aufwand.

Nicht nur Eva hätte das bedauert. Sie und Julia schritten feierlich durch das Tor am unteren Ende des Weihnachtsmarkts. »Gut so?«, fragte sie.

Julia nickte mit leuchtenden Augen.

Stände aller Art zogen sich die gesamte Hauptstraße entlang. Es duftete nach gebrannten Mandeln und Zuckerwatte, Glühwein und Bratwürsten. Die halbe Stadt schien unterwegs zu sein, überall standen kleine Gruppen von Menschen zusammen, die aßen, tranken, redeten und lachten. Ein Karussell mit Pferden für die Kleinsten drehte sich, von irgendwoher dudelte leise Weihnachtsmusik.

Die Stimmung war nicht besonders festlich, eher fröhlich und ungezwungen. Das war Eva lieb, anders wäre es für sie nur schwer zu ertragen gewesen.

Julia hatte ihre Hand ergriffen und zog sie hierhin und dorthin. Sie blieb vor einem Stand mit Schmuck aus bunten Steinen stehen, die Augen fest auf ein Paar glänzend blauer Ohrringe in Herzform geheftet. Julia hätte gern Ohrringe getragen, doch sie fürchtete sich davor, sich Ohrlöcher stechen zu lassen. Sie fürchtete sich vor Schmerzen. Jede Impfung ein kleines Drama, kein Zahnarztbesuch ohne tagelange Kämpfe. »Das sind Clips, Mama«, sagte sie sehnsüchtig.

Die blauen Herzen sahen wirklich hübsch aus. Sie würden gut zu dem Pullover passen, den Eva für Julia zu Weihnachten gekauft hatte. »Was sollen die Clips kosten?«, fragte sie die Frau, die im Wintermantel in ihrer Bretterbude hockte, die Wangen rot von der Kälte, vor sich einen dampfenden Becher, an dem sie sich die Finger wärmte.

Der Preis, den sie nannte, war recht bescheiden, und so sagte Eva kurz entschlossen: »Wir nehmen sie.«

Julias Augen strahlten wie zwei Sterne. »Echt, Mama?«

»Du hast vielleicht ein Glück«, meinte die Frau. »Die stehen dir bestimmt gut, die Clips.« Sie packte sie sorgfältig in eine hübsche kleine Tüte. »Wem soll ich sie denn geben?«, fragte sie, verschmitzt zwinkernd.

Julia sah fragend zu Eva hoch.

»Mir!«, sagte Eva. »Sie kommen unter den Weihnachtsbaum. Einverstanden, Julchen?«

Julia nickte. Die Frau wünschte ihnen ein frohes Fest, und sie schlenderten weiter.

»Danke, Mama!«, sagte Julia und schob ihre Hand in

Evas. So fröhlich hatte sie schon lange nicht mehr ausgesehen.

»Sie sind wirklich schön, und sie passen zu dir«, stellte Eva fest. »Ich fände es gut, wenn wir für die anderen auch noch etwas fänden. Was meinst du? Wollen wir uns mal umsehen?«

Julia zögerte nur ganz kurz. Es hätte ihr wohl gefallen, als Einzige ein Geschenk vom Weihnachtsmarkt zu bekommen. Aber zu Evas Erleichterung siegte ihr Vergnügen am Aussuchen und Entdecken. Sie nickte und zog ihre Mutter ungeduldig weiter.

»Guck mal, da vorne, Mama! Sind die nicht süß?!« Es waren Pantoffeln aus Plüsch in ausgesprochen knalligen Farben, wie Julia sie liebte. Sie selbst besaß ein paar pinkfarbene Plüschmäuse, in denen sie zu Hause über die Holzdielen rutschte.

»Das wäre vielleicht etwas für Marie«, gab Eva zu.

»Oder für dich, Mama! Du hast doch so oft kalte Füße!«

Eva musste lachen, als sie sich vorstellte, wie sie mit diesen unförmigen Knubbeln an den Füßen aussehen würde. »Ach, lass nur, Julchen! Es reicht, wenn wir welche für Marie aussuchen.«

Julia konnte sich lange nicht entscheiden, schließlich fiel ihre Wahl auf zwei treu blickende winzige Dackel, von denen auch Eva annahm, dass sie Marie gefallen würden. »Sehr niedlich«, stellte sie fest, als sie auch diesen Stand wieder verließen. »Wir scheinen heute Glück zu haben, dass wir so schöne Sachen finden.«

Julia nickte mit glänzenden Augen, sie war in ihrem Element. Endlich waren die Kränkungen durch ihre Brüder an diesem Vormittag vergessen.

Hier und da sahen sie ein bekanntes Gesicht, wechselten ein paar Worte mit jemandem, aber Julia langweilte sich schnell und zupfte ungeduldig an Evas Mantel, weil sie weiterwollte. Noch hatten sie ja längst nicht alles gesehen, was der Weihnachtsmarkt zu bieten hatte.

»Da vorne ist Niko«, sagte Eva und zeigte zu dem stillgelegten Brunnen, der die Hauptstraße in zwei Hälften teilte. Niko stand mit drei anderen Jungen und zwei Mädchen zusammen.

Zumindest einen der Jungen kannte Eva: Es war Marco. Von Marco war früher oft die Rede gewesen, aber in letzter Zeit nicht mehr. Sie stellte verwundert fest, dass sie ihn einfach vergessen hatte, wie so vieles andere wohl auch. Wann hatte sie das letzte richtige Gespräch mit ihrem Ältesten geführt? Sie wusste es nicht mehr. Marco jedenfalls war der Mädchenschwarm, der Fußballstar, der Junge in Nikos Klasse, der ihrem Sohn offenbar überall im Weg war. An ihm rieb sich Niko, er bewunderte und beneidete ihn, lehnte ihn aber zugleich ab.

Sie fragte sich, ob eins von den Mädchen vielleicht Emma hieß. Begrüßen konnte sie ihren Ältesten jetzt nicht, ihm höchstens im Vorbeigehen zuwinken. Niko hatte erst neulich schaudernd berichtet, wie einer seiner Freunde auf offener Straße von seiner Mutter geküsst worden war. Etwas Peinlicheres konnte er sich offenbar nicht denken.

Er hatte sie noch gar nicht entdeckt, denn er drehte ihr den Rücken zu, genau wie die beiden Mädchen. Schade, dass sie deren Gesichter nicht sehen konnte. Wie sah wohl ein Mädchen aus, für das Niko sich interessierte?

»Lass ihn doch!«, sagte Julia und zog ihre Mutter vom Brunnen weg.

Sie fanden für Paul eine schöne Muschel und für Niko lustige Ohrenschützer. Eva bezweifelte, dass er sie tragen würde, aber Julia war so begeistert davon, dass sie ihr den Spaß nicht verderben wollte. Und vielleicht fand Niko sie ja tatsächlich »cool«.

Eva trank einen Glühwein, um sich aufzuwärmen, Julia bekam Zuckerwatte, die sie für ihr Leben gern aß. Sie waren mittlerweile völlig durchgefroren. Julia hüpfte von einem Bein aufs andere. Etwas Kaltes traf Evas Nasenspitze, sie wischte es weg.

»Es schneit, Mama!«, sagte Julia.

Sie blickten nach oben. Ja, es schneite. Sehr feine Flocken fielen vom Himmel, lauter weiß glänzende Punkte, gut sichtbar im Widerschein der weihnachtlichen Festbeleuchtung.

»Zeit nach Hause zu gehen, wenn wir nicht erfrieren wollen, Julchen. Deine Nase ist schon ganz rot vor Kälte!«

»Deine aber auch!«

Sie sahen einander an, lachten ein bisschen und machten sich auf den Heimweg. Während Julia glücklich vor sich hinplapperte, stellte Eva erstaunt fest, dass ihr dieser Bummel über den Weihnachtsmarkt gefallen hatte. Nichts Schreckliches war passiert. Im Gegenteil: Es war schön gewesen, auch für sie.

ZWEITES KAPITEL

Natürlich wurde am letzten Schultag vor Weihnachten nicht mehr richtig gearbeitet, in keiner Klasse. Lehrer und Schüler versuchten, das Beste aus der Situation zu machen, indem sie vom sonstigen Unterrichtsschema abwichen. Nikos letzte Stunde an diesem Tag war eine Deutschstunde bei seinem Klassenlehrer.

»Ich schlage vor«, sagte dieser gerade, »dass ein paar von euch ihre Aufsätze zum Thema ›Heldinnen und Helden des Alltags‹ vorlesen.«

Allgemeines Gestöhne, Rascheln von Papier, Stühlerücken. »Muss das sein?«

»Ja, das muss sein. Einige finde ich sehr bemerkenswert. Niko, fang du doch mal an!«

Niko überlief es heiß und kalt, denn er hatte über Emma geschrieben: darüber, wie sie neulich für die dicke Isabelle eingetreten war, die schlechteste Schülerin der Klasse. Einer seiner Mitschüler hatte gesungen: »Die dicke Isabelle ist nicht besonders helle«, und Emma hatte den Jungen dafür richtig zur Schnecke gemacht. Natürlich hatte er die Situation für seinen Aufsatz so verändert, dass weder Emma noch Isabelle wiederzuerkennen waren, und er hatte auch keine Namen genannt. Aber trotzdem!

Langsam ging er nach vorn und fing reichlich stockend an zu lesen, während hier und da noch getuschelt wurde.

Aber allmählich wurde es still in der Klasse. Schließlich hörten ihm alle zu, und das machte ihn noch nervöser. Niemand wusste etwas über seine Gefühle für Emma, er konnte nur hoffen, dass sie nicht ausgerechnet jetzt entdeckt würden.

»Heldinnen und Helden des Alltags sind für mich alle Menschen, die für andere eintreten, auch wenn es schwierig ist. Eine eigene Meinung zu vertreten, wenn man alle anderen gegen sich hat, finde ich sehr mutig. Und noch mutiger finde ich es, wenn man das tut, um jemand andererem zu helfen. Ich glaube, dass Heldentaten oft im Stillen passieren.«

Er holte tief Luft, denn nun kam die entscheidende Stelle. Er las sie schneller als das Vorherige, huschte über die Situation, in der Emma Isabelle zu Hilfe geeilt war, stolpernd hinweg, bis er zu seinem allgemeinen Schlussteil kam, den er dann wieder ruhiger las. Als er fertig war, klappte er das Heft erleichtert zu und ging zu seinem Platz zurück.

»Was meint ihr dazu?«, erkundigte sich der Lehrer.

Ein paar meldeten sich, waren grundsätzlich mit dem einverstanden, was Niko vorgetragen hatte. Auch der Lehrer lobte Niko für seinen Aufsatz. Eine richtige Diskussion wollte jedoch nicht in Gang kommen, worüber Niko froh war. Aber er fing einen forschenden Blick von Emma auf, der ihm das Blut in die Wangen trieb. Hatte sie ihn durchschaut? Hatte sie bemerkt, dass er über sie geschrieben hatte? Er wusste nicht, ob er sich das wünschen oder sich davor fürchten sollte. Aber ihm schien, als lächelten ihre Augen, und auf einmal war er so glücklich, dass er am liebsten aufgesprungen wäre.

»Und jetzt du, Marco!«

Niko beobachtete Marco, wie er vor die Klasse trat und sich dort in Positur stellte. Verstohlen sah er sich um. Die Mädchen hatten diesen verklärten Blick, den sie immer bekamen, wenn es um Marco ging. Emmas Gesicht konnte er nicht sehen, sie saß zwei Reihen vor ihm. Aber alle Mädchen seiner Klasse schwärmten für Marco mit seinen schwarzen Haaren, den schwarzen Augen und der stets leicht gebräunten Haut.

Alle Mädchen, wahrscheinlich auch Emma. Das Glücksgefühl schwand.

Er selbst, mit seinem braunen Haar und dem durch und durch normalen Gesicht, wirkte gegen Marco langweilig. Außerdem fühlte er sich Mädchen gegenüber unsicher: Ihm fielen nicht die richtigen Worte ein, wenn er mit ihnen sprach, seine Hände waren ihm im Weg, und die Stimme gehorchte ihm nicht.

Lässig stand Marco da, und überaus selbstsicher begann er nun vorzulesen. »Einer der größten Helden ist für mich mein Vater«, las er.

Nikos Mund wurde trocken. Er selbst hatte, als er den Aufsatz schrieb, nicht einmal an seinen Vater gedacht, nur an Emma. Die eigene Treulosigkeit nahm ihm den Atem. Wieso war Marco auf den Gedanken gekommen, über seinen Vater zu schreiben, und er nicht? Tausend kleine Geschichten fielen ihm ein, während er Marco zuhörte, mit denen er seinem Vater ein Denkmal hätte setzen können, doch diese Gelegenheit hatte er versäumt.

Etwas tropfte auf seine Hand, und es dauerte einige Sekunden, bis er merkte, dass er weinte. Hastig wischte er sich über die Augen – doch genau in diesem Moment drehte sich

Emma zu ihm um. Er begegnete ihrem Blick nur kurz, dann drehte er den Kopf in die andere Richtung. Aber natürlich hatte sie seine Tränen gesehen.

Dieses Mal fiel die Diskussion lebhafter aus, aber Niko beteiligte sich nicht daran. Er hielt den Blick so lange gesenkt, bis seine Augen wieder trocken waren.

Nach der Stunde verließ er die Klasse, ohne nach rechts oder links zu schauen. Wenn Emma für ihn unerreichbar blieb, dann wusste er jetzt, warum. Marco würde niemals in der Öffentlichkeit weinen.

Auf dem Schulhof sah er Paul und seinen Freund Bülent, die wieder einmal die Köpfe zusammensteckten, aber er machte sich nicht bemerkbar. Er wollte lieber allein nach Hause laufen.

Paul erzählte Bülent, was er sich in der letzten Unterrichtsstunde ausgedacht hatte: »Ich fände es am besten, wenn ich einen Zauberstab hätte – und mit dem würde ich dann machen, dass Weihnachten schon vorüber ist. Wir hätten natürlich alle Geschenke bekommen, aber es wäre schon vorbei.«

Bülent warf ihm einen mitfühlenden Blick zu. Sie hatten über das Thema Weihnachten schon öfter gesprochen. »Komm doch zu uns Heiligabend«, sagte er. »Wir kriegen Geschenke, wir essen gut, wir singen deutsche und türkische Lieder – die ganze Familie wird da sein, über zwanzig Leute. Weihnachten ist bei uns immer sehr lustig.«

Lustig! Das war ein Wort, das Paul magisch anzog. Er wollte so gern an einem Ort sein, an dem es lustig zuging. Aber Weihnachten und lustig – das schloss sich aus. Allein der Gedanke daran schien ungehörig zu sein. Weihnachten, das waren Weihnachtslieder, ein Baum mit brennenden Kerzen, Geschenke und diese ganz eigene Stimmung, die er früher durchaus schön gefunden hatte. Aber jetzt nicht mehr.

»Ich glaube, das geht nicht«, murmelte er.

Aber Bülent begeisterte sich immer mehr für seine Idee. »Wieso denn nicht? Du kannst doch wenigstens mal fragen!«

»Und deine Eltern? Musst du die denn nicht fragen?«

»Die freuen sich immer über Besuch«, behauptete Bülent, und so wie Paul die Familie seines Freundes kannte, stimmte das wahrscheinlich. Er wurde dort immer ausgesprochen herzlich empfangen. »Auf einen mehr oder weniger kommt es sowieso nicht an.«

Die Vorstellung, Heiligabend unter lachenden, fröhlichen Menschen zu verbringen, war einfach zu verlockend. »Also gut, ich frage meine Mama.«

»Klasse!« Bülent war aufrichtig begeistert von den Möglichkeiten, die sich nun eröffneten. »Wenn ich alles kriege, was ich mir wünsche, können wir die ganze Nacht lang spielen. Und uns das Vogelbuch ansehen.«

Paul schwieg. An die Bescherung hatte er noch gar nicht gedacht.

»Wir sehen uns ja noch, dann kannst du mir Bescheid sagen, Paul. Meine Mutter kocht garantiert ganz tolle Sachen!«

Das tat sie eigentlich immer, wie Paul wusste, schließlich hatte er schon oft genug bei seinem Freund übernachtet. Er liebte die türkische Küche, besonders die von Bülents Mutter. »Köfte?«, fragte er hoffnungsvoll. Die hatte er neulich zum ersten Mal gegessen: köstlich gewürzte Hackfleischbällchen.

»Ich kann es ihr ja mal vorschlagen«, meinte Bülent und grinste. »Die essen wir alle gern.«

»Ich heirate später auf jeden Fall eine Türkin«, sagte Paul. »Aber sie muss so gut kochen können wie deine Mutter.« Dann konnte er jeden Tag türkisch essen, das Haus würde immer voll sein, und es würde viel zu reden und zu lachen geben.

Sie hatten den Schulhof längst verlassen. Einen Teil des Heimweges legten sie gemeinsam zurück, dann trennten sich ihre Wege. Sie klatschten die flachen Hände gegeneinander, ihr Abschiedsritual. Danach rannte Paul in die eine, Bülent in die andere Richtung davon.

»Hallo«, sagte Eva leise. »Ich war ein paar Tage nicht hier, aber ihr wisst ja, wie schwer mir der Weg fällt.«

Sie stellte eine Vase mit Tannenzweigen vor den schlichten Grabstein mit den Namen ihres Mannes und ihrer Schwiegereltern. Sie kannte Trauernde, die Trost darin fanden, auf dem Friedhof Zwiesprache mit den Verstorbenen zu halten. Ihr ging es nicht so – sie fand weder hier noch anderswo Trost. Ging sie durch die Stadt, quälten sie die Erinnerungen. Ging sie auf den Friedhof, quälte sie die Vorstellung der Endgültigkeit dieses Ortes. So oder so gab es kein Entrinnen.

»Ich vermisse dich so, Michael«, murmelte Eva. »Wir alle vermissen dich. Euch. Es wird ein schweres Fest für uns werden. Ich wünschte, es wäre schon vorüber.«

Aus dem Augenwinkel bemerkte sie eine alte Frau, die

in ihre Nähe kam. Sie kannte sie vom Sehen, gelegentlich trafen sie sich hier. Sie wandte den Kopf, um zu grüßen.

Die andere erwiderte den Gruß und verharrte vor einem Grab nur wenige Meter von Eva entfernt. Sie hatte ihren Mann bereits vor zwanzig Jahren verloren und besuchte ihn hier seitdem fast täglich. »Mir hilft das«, hatte sie Eva anvertraut. »Es ist so friedlich hier, da kann ich ihm in aller Ruhe erzählen, was ich erlebt habe.«

Ob sie selbst an diesen Punkt auch noch kommen würde? Zwanzig Jahre lang? »Ich muss gehen«, sagte sie. »Aber ich komme in den nächsten Tagen wieder, mit den Kindern.«

Sie heftete den Blick fest auf Michaels Namen und schickte ihm, nur ihm, noch einen letzten stummen Gruß, bevor sie floh.

Im Flur hing ein Zettel an der Pinnwand: »Bin auf dem Friedhof, danach hole ich Marie vom Kindergarten ab, Mama.«

Niko riss den Zettel ab und ging in die Küche. Es würde Spaghetti geben, die Sauce stand schon bereit und musste nur noch aufgewärmt werden. Er war aber noch gar nicht besonders hungrig, er hatte nur Durst. Er trank ein Glas Milch, nahm seine Schultasche und ging nach oben, in Gedanken immer noch bei dieser Deutschstunde.

Er glaubte im Zimmer seiner Schwestern ein leises Geräusch gehört zu haben – die Tür stand einen Spaltbreit offen. Er öffnete sie ganz. Julia lag oben auf ihrem Bett und spähte angespannt durch Pauls Fernrohr. »Lass dich bloß nicht von Paul erwischen!«, warnte er.

Sie schrie vor Schreck auf und beschimpfte ihn gleich

darauf wütend. »Schleich dich gefälligst nicht so an! Außerdem sollst du hier nicht einfach so reinplatzen.«

»Die Tür stand offen, und ich bin ganz normal die Treppe raufgekommen, ich habe mich nicht angeschlichen.« Er betrat das Zimmer und ging zum Fenster. »Wen beobachtest du denn überhaupt? Etwa schon wieder den neuen Nachbarn?«

»Was dagegen?«

»Dass du dir nicht blöd dabei vorkommst!«

»Ich bin ziemlich sicher, dass er ein Verbrecher ist«, sagte Julia und genoss die Stille, die sich nach diesen Worten ausbreitete. »Ich habe gesehen, wie er eine ganz schwere Reisetasche in seinen Schuppen geschleppt hat!«, fuhr sie fort. »Und jetzt ist er schon wieder losgegangen, mit einer leeren Tasche. Ich glaube, er ist ein Dieb. Wir sollten aufpassen, dass er sich nicht heimlich in unser Haus schleicht.«

»Wenn er hört, dass du solche Märchen über ihn erzählst, zeigt er dich an!« Niko sprach wieder in diesem Ton eines älteren Bruders, der alles besser weiß. »›Üble Nachrede‹ nennt man so etwas, falls du davon schon mal gehört hast.«

»Ich bin noch ein Kind, mich kann er nicht anzeigen«, widersprach Julia. »Außerdem, wenn ich Recht habe, wird er gar nichts sagen! Dann wird er höchstens froh sein, dass ich nicht zur Polizei gegangen bin.« Um ihren Worten mehr Nachdruck zu verleihen, setzte sie hinzu: »Wenn du wüsstest, was ich schon alles beobachtet habe!«

Niko trat vom Fenster zurück. »Ich will es gar nicht wissen«, sagte er.

Unten wurde die Haustür aufgeschlossen. Paul rief laut: »Hallo!«

Wie der Blitz stieg Julia die Leiter an ihrem Bett herunter, raste ins Zimmer der Jungen und kam gleich darauf ohne das Fernglas zurück.

»Verlass dich nicht darauf, dass ich den Mund halte«, sagte Niko. Dann rief er: »Wir sind hier oben. Mama ist noch unterwegs, sie holt Marie ab.«

Paul polterte die Treppe hinauf. »Ich hab Hunger«, murrte er. »Wieso ist Mama noch nicht wieder zurück?«

Niemand antwortete ihm. Julia tat so, als sei sie beschäftigt. Paul warf seine Schultasche in eine Ecke des Zimmers, das er sich mit Niko teilte, und lief dann wieder nach unten. Niko folgte ihm.

Julia kletterte zurück auf ihr Bett, ihren Beobachtungsposten. Auch ohne Fernglas konnte sie den Mann von nebenan jetzt gut erkennen. Wie er schon aussah! Er hatte blonde Haare, seine Augenbrauen waren zusammengewachsen, und er trug einen kurzen Bart. Und wie unfreundlich er sich immer verhielt!

Kein Vergleich zu den Bergmanns, mit denen sie gut befreundet gewesen waren. Frau Bergmann hatte oft bei ihnen in der Küche gesessen und mit Mama eine Tasse Kaffee getrunken. Manchmal war sie mit Kuchen gekommen, sie hatte tolle Kuchen gebacken. Und Herr Bergmann hatte beim Heckenschneiden geholfen oder wenn etwas mit dem Auto gewesen war.

Aber von ihnen war nicht mehr geblieben als zwei Stimmen am Telefon, die sich allerdings regelmäßig meldeten. »Alles in Ordnung bei euch, Julia?«, hatte Frau Bergmann neulich gefragt, als Julia ihren Anruf entgegengenommen hatte. »Wie geht's denn eurer Mama?«

Julia hätte gern noch ein bisschen länger mit der alten

Dame gesprochen, denn sie hätte ihr einiges über den Mann zu erzählen gehabt, der jetzt in ihrem ehemaligen Haus wohnte. Doch ihre Mama hatte ihr einfach den Hörer aus der Hand genommen und gesagt: »Hallo, Frau Bergmann, wie schön, dass Sie anrufen.«

Der Mann war schwer beladen. Er trug eine Reisetasche und ging richtig schief. Sie sah unförmig aus, diese Tasche, er verschwand mit ihr in seinem Schuppen. Was wollte er mit einer Reisetasche im Schuppen? Dort verbrachte er sowieso verdächtig viel Zeit, das war ihr längst aufgefallen. Hatte er vielleicht etwas gestohlen und verbarg es dort?

Obwohl sie erst neun Jahre alt war, glaubte sie mehr zu sehen und zu hören als die meisten Erwachsenen. Julia liebte Detektivgeschichten über alles. Ihr war längst klar, dass sie einmal Verbrecher fangen würde, wenn sie groß war.

Der Mann verließ den Schuppen schon wieder, diesmal ohne die Reisetasche. Er wischte sich die Hände an seiner dicken Jacke ab. Sie würde ihre Mama nachher noch einmal vor ihm warnen. Das hatte sie schon mehrfach versucht, doch die wollte davon nichts wissen.

Julia hörte, wie vor der Haustür Schnee von Winterstiefeln gestampft wurde; Mama und Marie waren zurück. Zum Glück gab es draußen im Augenblick nichts Interessantes mehr zu sehen. Ihr Magen knurrte laut.

Sie stieg vom Bett, schlüpfte in ihre Plüschpantoffelmäuse, die sie wegen ihrer Farbe »Pinkies« nannte, und rutschte auf dem Treppengeländer nach unten.

»Gibt's endlich Essen?«

»Nein«, antwortete Niko ironisch. »Das Essen fällt heute aus.«

Sie zog eine Grimasse, wollte sich aber von ihm nicht wieder die Laune verderben lassen. Er konnte ja nicht ahnen, was für schöne Ohrenschützer sie auf dem Weihnachtsmarkt für ihn gefunden hatte, sonst wäre er bestimmt netter zu ihr gewesen.

»Hast du sie gefragt?«, wollte Bülent wissen. »Deine Mutter? Wegen Heiligabend?«

Die Jungen hockten nebeneinander am See und beobachteten abwechselnd durch Pauls Fernglas die Wasservögel. In der Nacht hatte es wieder geschneit, der See und seine Ufer hatten sich in eine malerische Winterlandschaft verwandelt, fremd und wunderschön. Paul hatte sich zu Weihnachten eine CD mit Vogelstimmen gewünscht, Bülent hoffte auf das dazu gehörende Buch mit farbigen Abbildungen. Sie wollten später Vogelforscher werden, diesen Entschluss hatten sie vor einiger Zeit gefasst. Sie würden seltene Vogelarten entdecken und vielleicht auch Filme darüber drehen. Gemeinsam natürlich.

Paul reichte Bülent das Fernglas. »Nee, das ging noch nicht«, sagte er.

»Aber Heiligabend ist schon übermorgen«, gab Bülent zu bedenken, während er mit dem Fernglas vor Augen langsam den See absuchte. »Du kannst sie doch nicht erst im letzten Moment fragen.«

»Sie war nicht zu Hause, als ich aus der Schule gekommen bin. Und wenn die anderen alle dabei sind, geht das nicht.«

»Soll ich sie fragen?«

»Nee, das muss ich schon selber machen.«

»Der Besuch aus der Türkei ist schon da«, sagte Bülent. »Die haben noch nie Schnee gesehen.« Er kicherte. »Die haben sich zuerst gar nicht getraut draufzutreten.«

Paul reagierte kaum, das bevorstehende Gespräch lag ihm im Magen.

»Oh, guck mal!«, rief Bülent in diesem Augenblick und reichte ihm das Fernglas. »Da vorn, ist das jetzt ein Haubentaucher oder nicht?«

»Ich glaube wohl«, meinte Paul. »Wir brauchen unbedingt das Buch, damit wir nachgucken können.«

»Wahrscheinlich kriege ich es. Es ist nur schrecklich teuer.«

»Die CD auch«, brummte Paul. Er stand auf, blies sich auf die Fingerspitzen. »Mann, ist das kalt. Und meine Beine sind eingeschlafen.«

»Meine auch. Kommst du noch mit zu uns?«

Paul zögerte. Die Versuchung war groß, aber wenn er seine Mutter heute noch fragen wollte, ob er Heiligabend zu Bülent gehen dürfe, musste er möglichst bald nach einer passenden Gelegenheit suchen. »Ich geh besser nach Hause«, sagte er.

»Okay«, sagte Bülent. »Sag mir dann gleich Bescheid.«

»Klaro.« Sie kraxelten die sanft ansteigende Böschung zur Lindenallee hoch. »Bis dann!«

Paul hatte Glück: Er fand seine Mutter im Wohnzimmer, ganz allein. Sie kniete auf dem Boden und legte Papier an der Stelle aus, wo immer der Weihnachtsbaum stand.

»Mama?«

Eva richtete sich auf. »Du bist ja schon wieder zurück. Keine Vögel gesichtet?«

»Doch.«

Eva ahnte, dass Paul etwas auf der Seele brannte. Er trat im Türrahmen von einem Bein aufs andere, sichtlich nervös. »Möchtest du etwas mit mir besprechen?«

Er nickte, wusste jedoch zunächst nicht, wie er anfangen sollte.

»Dann komm her und setz dich doch!«, ermunterte sie ihn.

Er folgte dieser Aufforderung nur zögernd.

Eva stand auf und nahm auf dem Sofa Platz. Mit schmerzhafter Klarheit erkannte sie, dass Paul sich von allen Kindern am weitesten von ihr entfernt hatte. Nicht ein einziges Mal hatte sie ihn nach dem Unfall weinen sehen, obwohl sie wusste, dass Paul um seinen Vater trauerte. Früher war der Junge ihr sehr nahe gewesen. Wann hatte sich das geändert? Sie wusste es nicht.

Paul ging Schwierigkeiten gern aus dem Weg, das hatte Michael und ihr immer ein wenig Sorgen bereitet. Pauls kleine Schwäche war zwar einerseits liebenswert, weil er sich mit verschmitztem Charme durchzumogeln wusste, doch andererseits waren sie beide der Ansicht gewesen, dass man ihm nicht alles nachsehen durfte. Wie sonst sollte er lernen, Verantwortung zu übernehmen und zu akzeptieren, dass man sich manchmal auch anstrengen musste, wenn man etwas erreichen wollte?

Paul hatte sich auf die äußerste Kante eines Sessels gesetzt. »Ich will Heiligabend zu Bülent, Mama! Kann ich?«, platzte er heraus.

Eva saß ganz still. Sie erlaubte sich keine Bewegung und kein einziges Wort, bis sie sicher war, dass sie sich unter Kontrolle hatte. »Warum möchtest du das?«, fragte sie dann.

»Bülent hat gesagt, bei ihnen wird es bestimmt lustig.«

Als sie nicht gleich antwortete, fuhr er eifrig fort: »Sie kriegen jede Menge Besuch, es gibt gutes Essen, und sie singen deutsche und türkische Lieder. Bülent hat gesagt, das machen sie Weihnachten immer so. Bei denen ist immer eine super Stimmung, sagt er. Und er hat mich eingeladen. Seine Eltern und er, meine ich.«

Lustig! Eva drehte und wendete dieses Wort, das ihr vollkommen unangemessen erschien. Weihnachten war und blieb für sie ein besinnliches Fest. Lustig war es bei ihnen bisher noch nie gewesen, auch wenn es natürlich immer etwas zu lachen gegeben hatte.

»Was ist, darf ich zu Bülent?«

Langsam schüttelte Eva den Kopf.

»Und wieso nicht?« Er hörte auf zu zappeln, den Blick jetzt starr auf seine Mutter gerichtet.

Sie suchte nach den richtigen Worten. »Es wird sicher nicht lustig bei uns, Paul, aber bestimmt auch schön. Ich finde, wir sollten Weihnachten gemeinsam feiern: Niko, Julia, Marie, du und ich. Gerade in diesem Jahr.«

Er sprang auf. »Das wird bestimmt todlangweilig«, stieß er, krebsrot im Gesicht, hervor. »Hier traut sich ja keiner mehr zu lachen! Und ich will auch nicht an letztes Jahr denken, wo wir noch alle zusammen waren und Papa mir … mir das neue Computerspiel gezeigt hat. Und jetzt ist er nicht mehr da, und wenn ich daran denke, werd ich so traurig, aber das will ich nicht. Ich will *lustig* sein, und das kann ich hier nicht! Das kann ich nur, wenn ich bei Bülent bin!«

Den letzten Satz schleuderte er Eva so wütend entgegen, dass sie erschrocken zurückwich. Aber es war schon vorüber. Paul stürzte in den Flur, rannte die Treppe hoch und knallte die Zimmertür so laut hinter sich zu, dass das alte Haus erbebte.

Eva stand auf, ging zum Fenster und schaute in den Garten hinaus, wobei sie die Arme fest um den Körper schlang.

Die Tannen hinten im Garten sahen schön aus mit ihrem weißen Hauch, aber es war eine Schönheit, die Eva traurig stimmte. Für sie war Weiß keine unschuldige Farbe mehr seit dem Unfall. Auch Leichentücher waren weiß.

Da wurde ihr bewusst, dass sie den Schnee wahrscheinlich nie wieder so würde sehen können, wie Michael ihn gesehen hatte – und sie mit ihm. Sie hatten sich beim Skilaufen kennen gelernt. Er war verrückt gewesen nach Schnee und deshalb jedes Jahr zweimal in die Berge gefahren – das war beinahe das Erste gewesen, was sie über ihn erfahren hatte.

Wie glücklich wäre er über den Anblick gewesen, der sich ihr jetzt bot! Sie hätte sich von seiner Freude anstecken lassen, von seinen leuchtenden Augen, seiner Stimme, die rief: »Komm, wir müssen sofort nach draußen! Lass uns eine ordentliche Schneeballschlacht machen!«

Jetzt bedeckte der Schnee sein Grab.

Im letzten Jahr hatten sie, ohne es zu ahnen, ihr letztes Weihnachtsfest zusammen gefeiert. Ein Fest ohne Schnee, mit dem üblichen Schmuddelwetter, aber es war trotzdem wunderschön gewesen. Damals hatte Marie noch gesprochen, Julias Fantasie sich in ihren Schulaufsätzen ausgetobt. Niko, ihr Großer, war längst nicht so verständnisvoll gewesen wie jetzt, sondern hatte sich benommen wie ein ganz normaler Zwölfjähriger. Und Paul hatte sich zu Hause wohl gefühlt und häufig seinen besten Freund mitgebracht.

Sie verließ das Zimmer und stieg die Treppe hinauf, wobei sie auf den knarrenden Stufen besonders fest auftrat, damit er vorgewarnt war. Wie erwartet lag er zusammengerollt im Bett, den Kopf in den Armen verborgen. Sie stellte sich direkt neben ihn, vermied es aber, ihn zu berühren. »Paul«, sagte sie ruhig, »du kannst Bülent am zweiten Feiertag besuchen, dagegen habe ich nichts. Aber Heiligabend möchte ich, dass du zu Hause bist, bei mir und deinen Geschwistern. Natürlich werden wir traurig sein, weil Papa nicht mehr bei uns ist, aber wir werden es besser durchstehen, wenn wir alle zusammen sind.«

Er rührte sich nicht. Wenn sie nicht seine unruhigen Finger bemerkt hätte, hätte sie vielleicht glauben können, dass er schlief. Sie wollte schon die Hand heben, um ihm übers Haar zu streichen, ließ sie jedoch wieder sinken, da ihm die Berührung sicher unangenehm gewesen wäre. Als sie davon überzeugt war, dass er nicht antworten würde, sagte sie leise: »Irgendwann wird es auch bei uns wieder lustig sein, Paul.« Dann ging sie zur Tür, wo sie sich noch einmal umdrehte. Doch wie erwartet rührte er sich noch immer nicht.

Niko und Marie waren draußen und räumten den Gehweg vor dem Haus. Niko schippte den Schnee zur Seite, während Marie sich mit dem Besen abmühte, der natürlich viel zu groß für sie war, wovon sie sich jedoch nicht entmutigen ließ. Kurz entschlossen zog Eva ihre dicke Jacke an und ging zu den beiden nach draußen.

»Wir sind schon fast fertig«, sagte Niko stolz.

»Ich seh's. Großartig!«

Marie sah kurz auf, wandte sich dann mit ernstem Gesicht wieder ihrer Arbeit zu. Ihren Plüschlöwen hatte sie auf das Gartentor gesetzt. Ab und zu vergewisserte sie sich, dass er nicht heruntergefallen war.

In diesem Augenblick tauchte der neue Nachbar auf. Er trug eine schwere Reisetasche. Eva fiel wieder ein, was Julia am Tag zuvor behauptet hatte. Das war natürlich alles Unsinn, aber ein merkwürdiger Mann war er schon. Seit zwei Monaten wohnte er nun hier, doch sie hatte noch keinen ganzen Satz mit ihm gewechselt. Ob sie ihn wiedererkennen würde, wenn sie ihm zufällig irgendwo anders begegnete?

Eva schaute zu ihm herüber, um ihm Gelegenheit zu geben, sie zu grüßen. Doch er schien sie nicht zu bemerken. Sein Blick flog zu Marie, die ihn ebenfalls ansah, aber nur flüchtig. Dann fegte sie weiter.

Mit einem knappen »Guten Tag« verschwand der Nachbar in seinem Schuppen.

Niko hielt mit der Arbeit inne und stützte sich auf die Schneeschaufel. »Irgendwie ist er doch komisch«, murmelte er.

»Ja, ein bisschen schon«, bestätigte Eva. »Soll ich dich mal ablösen, Marie?«

Sie hatte eigentlich eine Ablehnung erwartet, doch Marie nickte. Sie ließ den Besen fallen, nahm ihren Plüschlöwen vom Gartentor und lief zu Eva. Diese beugte sich zu ihr hinunter und drückte sie an sich. »Na, meine Kleine?«, flüsterte sie. »Schön, dass du Niko geholfen hast.«

Marie verbarg ihr Gesicht am Hals der Mutter und umschlang sie mit beiden Armen. Eva drängte mit aller Macht die plötzlich aufsteigenden Tränen zurück. Die Kleine brachte sie immer wieder unvermittelt zum Weinen – vielleicht, weil sie die Jüngste und Verletzlichste war und ihre beharrliche Weigerung, wieder mit dem Sprechen anzufangen, ihr als Mutter größte Sorgen bereitete.

Marie ließ Eva los und zeigte die Straße hinunter.

»Willst du zu Lisa gehen?«, fragte Eva.

Marie nickte und verschwand gleich darauf im Vorgarten von Lisas Eltern.

Eva griff sich den Besen und fegte mit kräftigen Bewegungen die letzten Schneereste vom Weg. »Ich fürchte, das werden wir schon bald wiederholen müssen«, sagte sie. »Es soll ja noch mehr Schnee geben.«

Die Temperaturen waren weiter gefallen, Nikos Gesicht war rot vor Kälte. »Macht nichts«, sagte er, »besser als Regen.«

Als das leise Kratzen des Besens und das metallische Knirschen der Schaufel verstummt waren, fiel Eva wieder einmal auf, wie sehr der Schnee alle Geräusche dämpfte. Die Schreie der Wasservögel drangen sonst deutlich bis hierher, und nun waren sie kaum mehr als ein leises Klagen.

»Worüber hat sich Paul denn so aufgeregt?«, fragte Niko, als sie Besen und Schaufel in die Garage brachten. »Wir haben ihn bis hier draußen gehört.«

Eva zögerte, eigentlich wollte sie über die Auseinandersetzung mit Paul nicht reden. »Er möchte Heiligabend bei Bülent verbringen. Ich bin damit nicht einverstanden, und das gefällt ihm nicht.«

»Wie kommt er denn auf die Idee?«

»Dir hat er also nichts von seinen Plänen erzählt?«

»Kein Wort. Feiern Bülents Eltern überhaupt Weihnachten?«

Sie gingen ins Haus. »Anscheinend ja. Soll ich uns einen Kakao kochen?«

»Au ja.« Sie ließen die nassen Stiefel im Flur stehen und gingen in die Küche. »Was hat er denn genau gesagt?«

Eva stellte Milch auf und wiederholte in etwa Pauls Worte.

Niko setzte sich an den Tisch und hörte schweigend zu. »Lustig«, wiederholte er dann nachdenklich.

Sie zuckte zusammen. Ihm war das Wort also auch aufgefallen. Vergeblich wartete sie darauf, dass er noch mehr sagte, aber das tat er nicht, und so fragte sie schließlich, unsicher geworden: »Findest du, ich hätte es ihm erlauben sollen?«

Er sah sie an, mit seinem lieben, freundlichen Gesicht, das noch so unfertig war und doch schon ahnen ließ, wie er als Mann einmal aussehen würde, und antwortete: »Quatsch! Bei uns wird es auch schön.«

»Das hoffe ich«, sagte sie leise.

»Er wird sich schon wieder abregen, du kennst doch Paul.«

Kenne ich Paul?, fragte sie sich unwillkürlich, während sie das Kakaopulver in die Milch rührte. Der Paul, den sie kannte, war gern mit seiner Familie zusammen gewesen. Jetzt war es ihm hier zu traurig. So traurig, dass er flüchten wollte. Aber sie konnte Paul nicht zwingen, so um seinen Vater zu trauern, wie sie selbst es für angemessen hielt.

Sie goss den Kakao in zwei Becher, stellte Zucker auf den Tisch und setzte sich zu Niko.

»Darf ich dich mal was fragen, Mama?«

Sie riss ihre Gedanken von Paul los und wandte sich ihrem Ältesten zu. »Sicher«, antwortete sie.

»Wie alt warst du, als du dich das erste Mal verliebt hast?«

Die Frage traf sie unvorbereitet, sie hatte seit dem vergangenen Tag nicht mehr an das Mädchen namens Emma gedacht, über das er mit ihr hatte sprechen wollen.

»Neun«, sagte sie nach kurzem Nachdenken, und das entsprach der Wahrheit. Ihre erste Liebe war Axel Detering gewesen, der Sohn des Bäckers. Sie erinnerte sich kaum noch an sein Gesicht, aber er hatte wunderschöne Augen gehabt und immer überaus leckere Kuchenstückchen mit in die Schule gebracht. Beidem, den Augen und dem Kuchen, hatte sie nicht widerstehen können. Axel hatte ihr einen Kuss auf den Mund geben dürfen – mit fest geschlossenen Lippen.

»Nein!«, entgegnete Niko abwehrend und mit einem Anflug seiner früheren Ungeduld, die sich in den letzten Monaten fast vollständig verloren hatte. »Ich rede nicht von Kinderkram – ich meine: Wann war es zum ersten Mal was Ernstes?«

»Was Ernstes?«, wiederholte sie. Sie begegnete dem unsicheren Blick ihres Ältesten. »Was meinst du damit?«

»Na ja …« Er brach ab, eine helle Röte überzog sein Gesicht bis hinunter zum Hals, und er schaffte es nicht mehr, sie anzusehen.

Sie begriff, dass sie ihn jetzt nicht im Stich lassen durfte. In letzter Zeit war Niko eher für sie da gewesen als sie für ihn. Wenn sie sein Vertrauen jetzt enttäuschte, würde er sich nie wieder mit einer für ihn wichtigen Frage an sie wenden.

Sie musste ihm helfen. »Den ersten Freund hatte ich mit zwölf«, sagte sie ruhig. »Da ist natürlich noch nicht viel passiert. Wir haben uns Briefe geschrieben – damals gab es ja noch keine Handys. Richtige Briefe waren das auch nicht, eher so kleine Zettel mit Liebeserklärungen. Manchmal war auch nur ein Herz mit einem Pfeil und den Anfangsbuchstaben unserer Namen darauf gemalt. Wir haben Händchen gehalten und uns geküsst, mehr ist nicht passiert. Ich weiß nicht, ob du das als ›was Ernstes‹ bezeichnen würdest. Mir war es damals jedenfalls sehr ernst. Als es zu Ende war, war ich wochenlang ganz krank vor Kummer.«

Sie zögerte, wusste nicht weiter. Durfte sie ihm nun auch eine Frage stellen, oder war das nicht angebracht? Meine Güte, sie war nicht darauf gefasst gewesen, mit solchen Dingen allein dazustehen, und vor allem nicht so schnell!

»Hat er dich verlassen oder du ihn?«

»Er mich. Er ist dann mit einem anderen Mädchen gegangen, das eines Tages neu in unsere Klasse gekommen war – eine sehr Hübsche, viel hübscher als ich. Sie hat ihn aber schon nach kurzer Zeit abserviert. Da wollte er wieder mit mir anfangen, aber das hat mein Stolz nicht zugelassen.«

Niko war schon wieder rot geworden. »Emma ist auch neu in unserer Klasse«, sagte er. »Seit sechs Wochen.«

»Und?«, fragte Eva.

»Marco ist hinter ihr her.«

»Was heißt das? Mag sie Marco lieber als dich?«

»Ich weiß es nicht.« Nikos Antwort klang gequält. »Mal denke ich, sie mag mich, dann wieder glaube ich, sie macht sich überhaupt nichts aus mir.« Er verstummte wieder. Die

Sache mit Marcos Aufsatz konnte er nicht erzählen. »Und jetzt sehe ich sie nicht, bis die Schule wieder anfängt.«

»Marco sieht sie dann doch auch nicht.«

»Doch, sie wohnen nicht weit voneinander entfernt. Die laufen sich garantiert über den Weg. Er wird es schon darauf anlegen. Außerdem will er sie ins Kino einladen. Und zu seiner Silvesterparty. Sie geht bestimmt hin.«

Eva überlegte sich ihre Antwort sorgfältig. »Man kann Gefühle nicht erzwingen, Niko. Wenn sie Marco lieber mag als dich, kannst du nichts dagegen tun. Wichtig ist allerdings, dass sie weiß, was du für sie empfindest. Sonst denkt sie vielleicht, du machst dir nichts aus ihr, und sie wendet sich nur deshalb Marco zu.«

»Aber wenn man Mädchen eine Liebeserklärung macht, erzählen sie es überall herum«, meinte Niko niedergeschlagen. »Sie stehen in einer Ecke und kichern. Wenn ich mir das vorstelle, Mama, dann lasse ich es lieber. Ich wollte ihr eigentlich eine SMS schicken, aber …«

»Wenn sie es überall herumerzählt, dann ist sie eine dumme Gans und du kannst froh sein, dass aus euch beiden nichts geworden ist.«

»Meinst du wirklich?«

»Ja, ganz bestimmt. Weißt du, Niko, in der Liebe muss man auch mal was riskieren.«

Nikos Ohren waren rot angelaufen, aber offensichtlich war er mit dem, was seine Mutter gesagt hatte, sehr zufrieden.

»Wie sieht sie denn aus, deine Emma? Und warum hast du sie so gern?«

»Sie ist blond und hat jede Menge Sommersprossen.

Und eine Stupsnase. Ich finde … Ich finde, dass sie klasse aussieht. Außerdem ist sie mutig.« Er erzählte seiner Mutter von der Situation, die er auch in seinem Aufsatz beschrieben hatte – nur dass er jetzt ganz offen darüber sprach, er brauchte ja keine Entdeckung zu fürchten. »Klug ist sie auch noch.«

»Schön, nett und klug«, sagte Eva lächelnd. »Kein Wunder, dass du dich in sie verliebt hast. Schick ihr endlich die SMS, Niko!«

»Wirklich? Und wenn sie nicht antwortet?«

»Dann hast du es wenigstens versucht.«

Er stand auf, gab ihr einen Kuss auf jede Wange. »Danke, Mama.«

DRITTES KAPITEL

★

Die Geschenke für die Kinder waren fertig eingepackt und lagen im verschlossenen Schrank, das Papier für den Baum war ausgelegt. Es würde reichen, wenn Niko und sie die Tanne am nächsten Tag hereinholten. Noch lag sie zusammengebunden und eingeschneit im Garten.

Eva griff zum Telefon, um ihre Mutter anzurufen. Ihr Vater hatte einen Herzinfarkt erlitten und lag noch im Krankenhaus. Auch das machte das bevorstehende Fest nicht leichter. Sie hatte schon begonnen zu wählen, als sie von oben Julias erboste Stimme hörte: »Und es stimmt doch, du wirst schon sehen!«

»Hör auf damit!«, befahl Niko. »Ich weiß wirklich nicht, warum du dir immer diesen Quatsch ausdenken musst!«

»Das ist kein Quatsch!«

Eva seufzte, sie konnte sich schon denken, worum es ging. »Was ist denn los da oben?«, rief sie.

»Ach, nichts!« Niko kam die Treppe herunter, während Julia mit beleidigtem Gesicht oben stehen blieb.

»Wohl ist etwas los!«, sagte sie. »Ich habe einen Traum gehabt, in dem …«

»Julia, halt die Klappe!«

»Lass sie bitte, Niko! Was für einen Traum denn, Julchen?«

Julia zögerte, dann kam sie auch nach unten. »Ich habe von einem Zauberer geträumt, der gesagt hat, dass Weihnachten etwas Grässliches passieren wird. Niko wollte nicht, dass ich dir das sage, aber es ist doch besser, wenn du vorgewarnt bist – oder nicht?« Die letzte Frage klang herausfordernd: Eva sollte Julias Partei ergreifen und Niko, den ewigen Besserwisser, in seine Schranken weisen.

Eva antwortete nicht sofort, was Julia als Ermutigung verstand, ihre Geschichte noch ein wenig auszuschmücken. »Es hängt mit dem Mann von nebenan zusammen. Der Zauberer hat es auch gewusst, dass er ein Verbrecher ist, und zu Weihnachten wird er …«

»Jetzt halt doch endlich deine Klappe!«

»Du hast mir gar nichts zu sagen, du Blödmann, außerdem rede ich überhaupt nicht mit dir!«

Auf einmal fühlte sich Eva vollkommen ausgelaugt. Marie war das eine Sorgenkind, Julia das andere. Man musste froh sein, wenn sie nur Geschichten über Zauberer und Hexen erzählte, die konnte man problemlos als Produkte einer überreichen Fantasie ansehen. Aber damit begnügte sich ihre ältere Tochter leider nicht. Ob nun der Nachbar ein Verbrecher war oder die Lehrerin heimlich die Fehler ihrer Lieblinge korrigierte, damit diese bessere Noten bekamen, ob Michael einen Heldentod gestorben war, nachdem er Leute aus einem brennenden Haus gerettet hatte, oder ob Julia bei der Geburt vertauscht worden war und deshalb in der falschen Familie lebte: Julia erfand Geschichten. Oder, um es mit den Worten ihrer Lehrerin auszudrücken: Sie log wie gedruckt.

Eva war mit Julia bei derselben Psychologin gewesen, die auch Marie untersucht hatte. Der Rat war in etwa der gleiche gewesen: Julia behutsam korrigieren, ansonsten geduldig abwarten, möglichst wenig Druck ausüben.

Eva streifte Niko, der seine jüngere Schwester noch immer wütend anfunkelte, mit einem Blick und wandte sich dann direkt an Julia, die nun weniger herausfordernd wirkte als zuvor. Es war noch etwas anderes in ihrem Gesicht, etwas Schutzloses, das Eva half, trotz ihrer Erschöpfung ganz ruhig zu reagieren.

»Was in einem Traum passiert, muss nicht unbedingt die Wahrheit sein, Julia«, sagte sie. »Im Traum verarbeiten wir, was wir tagsüber erleben und was uns stark beschäftigt. Du hast sicher viel über unseren neuen Nachbarn nachgedacht, und wir wissen ja, was du über ihn denkst. In deinem Traum hast du das dann ein bisschen ausgeschmückt.«

Julias Unterlippe stülpte sich vor, wie immer, wenn sie beleidigt war, und ihr Blick wurde finster. »Aber das denke ich nicht nur, Mami, es ist auch wirklich so! Vorhin hat er schon wieder ...«

Eva verlor die Geduld. »Julia! Ich habe dich schon öfter gebeten, dem Mann nicht länger hinterherzuspionieren. Lass ihn in Ruhe! Könntest du mir diesen Wunsch zu Weihnachten nicht erfüllen?« Ihre Stimme klang schärfer, als sie beabsichtigt hatte. Das tat ihr sofort Leid. »Damit ist das Thema hoffentlich erledigt. Ich hole morgen früh die Weihnachtskiste vom Dachboden. Willst du mitkommen und mir helfen, Julchen?«

Im ersten Moment schien es, als wolle Julia das Friedensangebot nur allzu gern annehmen, doch ihr Ärger über die Niederlage trug dann doch den Sieg davon. »Nein!«, sagte sie schnippisch. »Die blöde Kiste interessiert mich überhaupt nicht!« Damit marschierte sie die Treppe hinauf und verschwand in ihrem Zimmer.

»Scheint heute nicht mein Tag zu sein«, seufzte Eva. »Erst Paul, dann Julia.«

»Die kriegen sich schon wieder ein. Julia geht mir auf den Geist mit ihren Geschichten. Allmählich könnte sie doch begriffen haben, dass ihr bald niemand mehr glaubt, wenn sie so weitermacht.«

»Es ist ihre Art, mit dem Tod von Papa fertig zu werden«, erwiderte Eva leise. »Außerdem ist sie enttäuscht, weil ihre Freundin Marion heute keine Zeit für sie hat.«

»Andere werden auch mit Enttäuschungen fertig, ohne gleich so einen Schrott zu erzählen!«

»Hast du die SMS verschickt?«

»Noch nicht. Aber ich mach's, wenn mir die richtigen Worte eingefallen sind. Ich … Ich muss noch überlegen. Kann ich jetzt gehen? Ich wollte mich mit ein paar Freunden in der Stadt treffen.«

»Natürlich. Ich dachte, dass wir morgen den Baum aufstellen, morgen Nachmittag, ja?«

»Ist gut.« Er kam noch einmal zu ihr, um ihr einen Kuss zu geben. Das tat er öfter als früher, und jedes Mal schnürte es Eva den Hals zu.

Michael hatte seine Küsse immer großzügig verteilt, während Niko in dieser Hinsicht stets zurückhaltend gewesen war. Diese Zurückhaltung hatte er jetzt bis zu einem gewissen Grad aufgegeben. Er schien instinktiv zu wissen, wie sehr ihr auch Michaels physische Gegenwart fehlte: die Wärme seiner Haut, seine Lippen, seine Hände, sein Lachen, seine Stimme. Ein Kuss ihres ältesten Sohnes war kein Ersatz, aber er bot für einen winzigen Moment Trost.

Im nächsten Augenblick war Niko auch schon draußen.

Sie hatte gerade erneut angefangen zu wählen, als Paul im Türrahmen erschien, immer noch mit mürrischem Gesicht. »Kann ich wenigstens heute und morgen noch mal zu Bülent gehen, wenn ich Heiligabend schon nicht darf?«

»Natürlich«, antwortete Eva. »Komm doch mal her, Paul.«

»Wieso?« Demonstrativ blieb er an der Tür stehen, verschränkte sogar zum Zeichen seiner Abwehr beide Arme vor der Brust.

»Weil ich dich darum bitte. Weil bald Weihnachten ist und ich keinen Streit in der Familie haben möchte. Ich … Ich finde, es ist auch so schon schwer genug für uns alle.« Sie hörte selbst, wie brüchig ihre Stimme klang, und erschrak darüber. Es brauchte wirklich nicht viel, um sie aus der Fassung zu bringen.

Seine Abwehr bröckelte, aber noch war er nicht bereit nachzugeben, doch seine Lippen zitterten, und so sagte sie nichts weiter, sondern streckte nur die Arme nach ihm aus.

Er warf sich hinein, und wieder, wie am Tag zuvor mit Marie, war Eva bestürzt darüber, wie zart und verletzlich er wirkte. Sie wiederholte, was sie ihm bereits gesagt hatte, als sie in seinem Zimmer gewesen war: »Ich möchte dich hier haben, Paul! Und deine Geschwister möchten das auch. Es wird sicher nicht leicht für uns sein, aber wir werden es besser schaffen, wenn wir alle zusammen sind.«

Er widersprach ihr nicht mehr, machte sich jedoch kurz darauf von ihr los, das Gesicht erhitzt, die Augen verdächtig glänzend. »Ich gehe dann mal. Kann ich bei Bülent zu Abend essen?«

»Die türkische Küche scheint dir ja gut zu schmecken!«,

bemerkte sie lächelnd. »Ich rufe Bülents Mutter nachher an und frage, ob es ihr auch nicht zu viel wird.«

»Die freuen sich, wenn ich da bin!«, versicherte Paul. »Sie haben doch sowieso schon Besuch aus der Türkei – fünf Leute, die noch nie Schnee gesehen haben, stell dir das mal vor!«

»Ich hole dich um acht ab, spätestens«, sagte Eva. »Oder Niko macht das.«

»Ich bin doch kein Baby mehr!«, wehrte Paul entrüstet ab.

»Trotzdem. Es ist dunkel, kalt und glatt. Da möchte ich nicht, dass du allein herumläufst.«

»Na gut.«

»Du kannst Bülent auch mal wieder mit zu uns bringen. Er war schon so lange nicht mehr hier.«

Paul nickte. »Mal sehen.«

Gleich darauf verließ er das Haus. Nun musste sie nur noch eine zornige Tochter besänftigen. Je eher sie das tat, desto besser, denn Julia war nachtragend. Je länger man sie ihren düsteren Gedanken überließ, desto schwerer war es, sie wieder versöhnlich zu stimmen.

Aber Julia war nicht zu finden. Eva sah in jedem Zimmer nach, konnte sie jedoch nirgends entdecken. Schließlich sah sie Julia im Garten, wo sie ganz allein angefangen hatte, einen Schneemann zu bauen. Eva überlegte nicht lange, zog sich eine Jacke, Stiefel und Handschuhe an und ging nach draußen.

»Hier bist du«, stellte sie fest. »Ich habe dich überall gesucht.«

Julia tat, als sei sie gar nicht da, sondern baute eifrig weiter an ihrem Schneemann, der bereits ziemlich groß war. Sie war also noch immer böse. Aber Eva bemerkte doch, dass sie sich auf die Lippen beißen musste, um nicht aus Versehen zu früh einzulenken.

»Ich helfe dir«, fuhr sie fort, als sei nichts vorgefallen. »Eine tolle Idee, einen Schneemann zu machen! Ich wundere mich, dass die anderen noch nicht darauf gekommen sind.«

Julias Gesicht entspannte sich.

»Wie wäre es, wenn wir noch einen machen?«, schlug Eva vor. »Sonst habe ich ja kaum noch was zu tun, weil der hier schon fast fertig ist. Wir könnten einen ganz kleinen machen. Dann hätten wir einen Schneemann und ein Schneekind.«

Dieser Vorschlag ließ Julia ihren Ärger endlich vergessen. Sie zögerte zwar noch immer, aber Evas Idee reizte sie viel zu sehr, als dass sie es fertig gebracht hätte, weiterhin zu schmollen. »Gut«, sagte sie endlich. »Du kannst den hier weitermachen, ich rolle schon mal eine Kugel für das Kind.«

Eva hütete sich zu widersprechen. Sie nickte nur, und so arbeiteten sie eine Zeit lang in einträchtigem Schweigen. Als die Figuren fertig waren, holte Eva noch zwei Möhren für die Nasen sowie Walnüsse für die Augen. Die Münder bildeten sie aus Apfelsinenschalen, die Eva so zurechtschnitt, dass sie den beiden Schneegestalten freundliche Gesichter verliehen. Als Hüte mussten zwei alte Töpfe herhalten, sogar zwei ausgediente Schals fanden sich noch.

»Klasse!«, sagte Julia. »Und das war ganz allein meine Idee!« Sie warf ihrer Mutter einen raschen Blick zu. »Na ja, das mit dem Schneekind nicht. Aber ich bin drauf gekommen, einen Schneemann zu bauen.«

»Hoffentlich bleiben sie eine Weile stehen«, meinte Eva. »Kalt genug müsste es eigentlich sein. Sie sehen wirklich toll aus.«

»Vielleicht mache ich nachher noch ein paar Schneekinder, dann haben wir eine ganze Familie«, sagte Julia. »Die gehen ja kinderleicht. Schneekinderleicht.« Sie musste kichern, und damit war der Streit wohl endgültig vergessen.

Sie kehrten ins Haus zurück. Eva fühlte sich besser als zuvor, was wohl nicht nur daran lag, dass der Frieden wiederhergestellt war. Auch die kalte Luft hatte ihr offenbar gut getan, ihre Müdigkeit war jedenfalls verschwunden. Jetzt musste sie sich nur noch auf das konzentrieren, was vor ihr lag: dieses Weihnachtsfest, das sich noch immer wie ein unbezwingbarer Berg vor ihr auftürmte. Das erste Weihnachtsfest seit sehr langer Zeit ohne Michael. Sie rechnete es aus: seit fünfzehn Jahren. So lange waren sie verheiratet gewesen.

Sie mussten es durchstehen, sie und die Kinder. Irgendwie.

VIERTES KAPITEL

»Marie?«, rief Eva am späten Vormittag des nächsten Tages. »Ich hole jetzt die Weihnachtskiste – willst du mit auf den Dachboden?« Es war nur noch ein Tag bis Heiligabend, die Vorbereitungen ließen sich nicht mehr länger hinausschieben.

Die Weihnachtskiste zu holen gehörte zu jenen Ritualen, wie es sie in jeder Familie gibt. Es war das Signal, dass man endlich beginnen durfte mit der Vorfreude auf das Fest, bedeutete aber zugleich noch mehr: Wer mit auf den Dachboden stieg, war an der Entscheidung beteiligt, wie der Baum in diesem Jahr geschmückt würde. Es musste eine Auswahl getroffen werden, denn nicht alles, was in der Kiste lag, konnte aufgehängt werden, so viel war es im Laufe der Jahre geworden. Es gab wunderschöne Kugeln und Glöckchen; heiß geliebte Holzfiguren aus dem Erzgebirge; rotes Lametta und weißes Engelshaar; rote, weiße und honigfarbene Kerzen. Und natürlich alles, was die Kinder im Laufe der Zeit gebastelt hatten: Strohsterne und vergoldete Walnussschalen, kleine Engel aus Papier, silberne und goldene Spiralen.

Und die Christbaumspitze.

»Marie?«, rief Eva noch einmal. Auf keinen Fall wollte sie ganz allein nach oben gehen.

Anfang des Jahres war sie das letzte Mal auf dem Dachboden gewesen, nachdem sie den Christbaum von seinem Schmuck befreit hatte – jenen allerletzten Baum, den Michael und sie gemeinsam geschmückt hatten. Noch mehrere Tage nach dem Unfall war die Tanne im Wohnzimmer stehen geblieben, bis Eva den Anblick nicht mehr ertragen hatte.

Sie konnte kaum atmen, als sie daran dachte, die Brust war ihr auf einmal zu eng. Es würde ein schwerer Gang werden, aber sie wollte ihn nicht länger aufschieben.

Michael war nie mit auf den Boden gegangen, aber beim Schmücken war er immer dabei gewesen. Niko und Paul fühlten sich mittlerweile zu groß, und sie fanden außerdem, dass das Aussuchen von Baumschmuck nichts für echte Männer war. Marie hatte Eva begleitet, seit sie laufen konnte. Julia auch, aber in diesem Jahr hatte sie vielleicht Wichtigeres zu tun. Eva unterdrückte einen Seufzer, als sie daran dachte, wie sehr der neue Nachbar die Fantasie ihrer älteren Tochter beschäftigte. Sie konnte nur hoffen, dass keine fixe Idee daraus wurde.

Marie erschien am oberen Treppenabsatz.

»Da bist du ja«, sagte Eva und rief laut: »Julia? Kommst du nun mit oder nicht?«

Sie rechnete nicht mit einer Reaktion, und tatsächlich, Julia antwortete nicht.

Auf dem Dachboden war es immer kalt, also zog Eva eine Jacke an, nahm eine für Marie mit und stieg die Treppe hinauf. Sie half der Kleinen beim Anziehen und nahm dann ihre Hand. Am Ende des Flurs schloss sie eine schmale Tür auf. Kalte Luft schlug ihnen entgegen, die Treppe zum Boden war sehr staubig. »Oje«, murmelte Eva, »hier muss wieder einmal sauber gemacht werden, fürchte ich.«

Marie ließ ihre Hand los und lief vor ihr her nach oben.

Der Schnee, der auf dem Dachfenster lag, tauchte den Raum in ein dämmriges Licht.

Eva schaltete die Deckenleuchte an. Es war eine nackte Glühbirne, die vom Dachbalken baumelte. Wie oft hatten Michael und sie davon gesprochen, endlich eine richtige Lampe hier oben aufzuhängen? Aber wenn Weihnachten vorüber war, die Kiste wieder mit allen Schätzen an ihrem Platz stand, verirrten sie sich kaum mehr hierher. Und so fiel die Glühbirne eigentlich immer nur zur Weihnachtszeit unangenehm auf, um dann wieder in Vergessenheit zu geraten. Jetzt allerdings begrüßte Eva sie wie eine gute alte Bekannte, ein weiteres Verbindungsglied zu Michael, mochte es auch noch so banal sein. Niemals würde sie sich von ihr trennen.

Die Weihnachtskiste stand auf einem alten Überseekoffer, ihrem Stammplatz seit vielen Jahren. Marie kletterte auf den Koffer, damit sie besser beobachten konnte, wie Eva vorsichtig ein Stück nach dem anderen aus der Kiste nahm. Alles, was ausgewählt wurde, landete auf einem Tisch und wurde dann in einen anderen, kleineren Karton gepackt, der handlicher war und bequem nach unten ins Wohnzimmer getragen werden konnte.

Es gab Dinge in der Weihnachtskiste, die jedes Jahr ausgewählt wurden: die schönsten Kugeln und Glöckchen, einige Figuren aus dem Erzgebirge und die Kerzenhalter. Trotz der Gefahr hielt Eva an echten Kerzen fest. Elektrische Lichterketten ließ sie sich draußen in den Tannen gefallen, aber nicht am Weihnachtsbaum im Haus.

Und die Spitze natürlich.

Jedes andere Stück wurde sorgfältig in die Hand genommen und begutachtet, bevor eine Entscheidung gefällt werden konnte. Für die Weihnachtskiste brauchte man Zeit. Alle Jahre wieder.

Auf der Treppe waren Schritte zu hören. Julia erschien auf dem Boden, halb verlegen, halb herausfordernd blickend. Auch sie hatte sich eine warme Jacke angezogen. Dennoch: Ein falsches Wort, und sie würde wieder gehen.

Eva bekämpfte den Wunsch, eine Bemerkung über den Grund für ihr verspätetes Auftauchen zu machen, und sagte nur: »Da bist du ja. Schön, dass du uns helfen willst, Julia. Marie und ich würden allein ewig brauchen.«

»Hab ich mir auch gedacht.« Julia trat näher. Sie stellte sich neben Marie und den Koffer. Jetzt waren die beiden Schwestern fast gleich groß.

»Kann's losgehen?«, fragte Eva.

Die Mädchen nickten, und Eva hob zunächst den Deckel, dann das weiche Papier ab. Ganz oben lagen die hauchzarten Sachen, die keinen Druck vertragen konnten. Behutsam legte Eva die Christbaumspitze auf den Tisch. Über die musste nicht diskutiert werden, sie schmückte jeden Baum. Sie war in Seidenpapier eingehüllt. Eva war froh, dass sie nur die Umrisse sah und nicht ihre ganze zerbrechliche Schönheit. Wenn sie die Spitze am nächsten Tag auspackte, würden wieder Tränen fließen, das wusste sie schon jetzt.

»Wie viele Kugeln?«, fragte sie. »Und in welcher Farbe? Das müssen wir zuerst entscheiden.«

»Rot!«, sagte Julia sofort. »Rot wie die Spitze.«

Rot wie Blut, dachte Eva. Weiß wie Schnee und rot wie Blut. Rot war Michaels Lieblingsfarbe gewesen. Von Schneeweiß einmal abgesehen.

»Keine silbernen? Nur rote?«

»Ja!«

»Marie?«

Die Kleine zögerte, bevor sie mit einem einmaligen Neigen des Kopfes ihr Einverständnis zeigte.

Und so ging es weiter, Stück für Stück. Eva hielt sich zurück und sammelte nur ein, was die Mädchen aussuchten. Ihre Töchter waren sich erstaunlich einig. Sie ließen viele der schmückenden Kleinigkeiten weg, die sie so liebten. Je länger die Auswahl dauerte, desto deutlicher kristallisierte sich heraus, dass sich der Baum in diesem Jahr von allen seinen Vorgängern deutlich unterscheiden würde: Er würde roten Schmuck tragen, aber trotzdem schlicht, fast streng wirken. Ein Trauerbaum in Rot, dachte Eva.

Endlich nahm sie den letzten Holzengel aus der Kiste und hielt ihn fragend hoch, obwohl sie die Antwort bereits wusste. Wie erwartet lehnten Julia und Marie ihn für dieses Jahr ab.

»Das war's«, sagte Eva. »Die Sachen, die wir nicht nehmen, könnt ihr vorsichtig in die Kiste zurücklegen – ihr wisst ja, die schweren nach unten, die leichten nach oben.«

Sie selbst sortierte die ausgewählten Kugeln und Glocken in den kleineren Karton, der dieses Mal so leicht sein würde wie noch nie. Ganz zum Schluss griff sie nach der eingewickelten Christbaumspitze.

»Erzähl uns die Geschichte von der Christbaumspitze, Mama«, bat Julia.

Als Marie das hörte, setzte sie sich auf den Koffer und zupfte an Julias Pullover, bis diese sich neben ihr niederließ. Erwartungsvoll sahen die beiden zu Eva auf, die noch immer die Spitze in der Hand hielt.

»Ihr habt sie doch schon so oft gehört!« Eva wollte sich nicht erinnern, nicht heute, nicht dieses Jahr. Sie suchte nach Ausflüchten. »Und außerdem ist es hier oben kalt und ungemütlich! Wir werden uns erkälten, wenn wir noch länger hier bleiben.«

»Uns ist ganz warm, wir haben doch extra Jacken angezogen!«, widersprach Julia. »Nicht, Marie?«

Nachdrücklich nickte die Kleine.

»Bitte, Mama!«

Julias Stimme hatte einen flehenden Unterton, der Evas Herz noch schwerer werden ließ. Ihre kratzbürstige Julia, die es sich selbst oft unnötig schwer machte, die sich mit ihren Geschwistern nicht gut verstand und die ihre heimlichen Gefühle in erfundenen Geschichten zum Ausdruck brachte, wollte eine wahre Begebenheit aus dem Leben ihres Papas hören. Sie wollte sich mit Hilfe einer Erinnerung vergewissern, dass nicht alles, was man liebte, verschwinden konnte. Menschen starben, Nachbarn zogen weg, Freunde wandten sich ab – aber was man in sich trug, das blieb. Und dazu gehörte eine vertraute Geschichte, die bisher an jedem Weihnachtsfest erzählt worden war.

»Erzähl doch noch mal, Papa, wie du in Prag ein Geschenk für Mama gesucht hast!« Das war in der Regel der Anstoß für Michael gewesen, den Kindern die Geschichte zu erzählen, und er hatte es bereitwillig getan, Jahr für Jahr, jedes Mal mit neuen Ausschmückungen: »Damit ihr euch nicht langweilt!« Für Eva waren gerade diese kleinen Variationen das Schönste gewesen. Die Geschichte war bekannt, enthielt aber trotzdem noch überraschende Elemente.

Michael war ein guter Erzähler gewesen. Er hatte sein Publikum zu fesseln vermocht und es verstanden, Spannung aufzubauen, auch noch bei der zigsten Wiederholung. Sie selbst konnte das nicht, sie hörte sowieso lieber zu.

Außerdem war dies Michaels Geschichte, nicht ihre. Sie hatte sie bisher noch nie erzählt – nur zu den Szenen, in denen sie selbst eine Rolle spielte, hatte sie jeweils ein paar Sätze beigesteuert. Aber der Erzähler war immer Michael gewesen.

Sie legte die Christbaumspitze vorsichtig in den Karton mit den ausgewählten Sachen.

Bereitwillig rückten Julia und Marie auseinander, damit Eva sich zwischen sie auf den alten Koffer setzen und ihre Arme um sie legen konnte. Sie würde ihre eigene Art finden müssen, die Geschichte zu erzählen.

»Wir waren gerade erst einige Monate verheiratet, als euer Papa eine Dienstreise nach Prag machen musste«, begann sie zögernd. »Zum ersten Mal, seit wir verheiratet waren, würden wir uns eine ganze Woche nicht sehen. Das kam uns beiden damals unerträglich lang vor.«

Sie hielt inne. Ihre Geschichte würde nicht die gleiche sein, denn sie hatte, was geschehen war, anders erlebt als Michael.

»Erzähl weiter, Mama!«, drängelte Julia.

»Also gut.« Eva seufzte. Es gab kein Zurück mehr.

»Natürlich haben wir jeden Tag miteinander telefoniert, aber das war kein Ersatz. Wir hatten große Sehnsucht nacheinander. Es war in der Vorweihnachtszeit, ein bisschen früher als jetzt, Mitte Dezember. In Prag war es bitterkalt, euer Papa erzählte mir, wie sehr er trotz seiner warmen Sachen fror. Was er mir nicht erzählt hat damals am Telefon, war, dass er stundenlang durch Prag lief, um das passende Weihnachtsgeschenk für mich zu finden. Er wollte mir ein Schmuckstück aus Granatsteinen schenken – eine Kette vielleicht oder einen Ring, am liebsten etwas Altes. Er fand viel Granatschmuck in Prag, aber nichts war so, wie er es sich vorgestellt hatte. Er war fest entschlossen, das Richtige zu finden, denn er wollte um keinen Preis ohne Geschenk für mich nach Hause zurückkehren.

Drei Stunden vor seinem Rückflug betrat er einen winzigen, düsteren Laden, den ihm ein tschechischer Kollege empfohlen hatte. Drinnen war es so kalt, dass er am liebsten gleich wieder gegangen wäre. Wie sollte er an einem so schäbigen Ort den Schmuck finden, von dem er träumte?

Er hatte sich schon umgedreht, um wieder hinaus auf die Straße zu treten, als ein sehr kleiner Mann mit einem wilden grauen Haarschopf aus einem Hinterzimmer in den Verkaufsraum trat und in bestem Deutsch fragte …«

»Was kann ich für Sie tun?« Julia sagte das ganz leise, schwieg dann aber sofort wieder und schmiegte sich noch enger an Eva.

»Genau. Euer Papa antwortete: ›Man hat mir gesagt, dass Sie Granatschmuck haben. Ich suche etwas für meine Frau.‹

Der alte Herr sah ihn durchdringend an, dann nickte er und öffnete einen Schrank hinter sich, den euer Papa bis dahin noch gar nicht bemerkt hatte, weil es in dem Laden ja so finster war. Aus diesem Schrank holte er einen Kasten. Er schaltete eine Lampe ein, holte ein schwarzes Samttuch aus dem Kasten und breitete es auf dem Tisch aus. Papas Blick fiel sofort auf eine ovale Brosche, und er wusste, dass sie das Schmuckstück war, nach dem er gesucht hatte.«

Eva hielt inne. Sie war im Jahr darauf mit Michael nach Prag gefahren. Er hatte ihr den Laden unbedingt zeigen wollen, ihn jedoch erst nach langem Umherirren wiedergefunden, mit blinden Schaufensterscheiben und verschlossener Tür, ganz offensichtlich schon länger leer stehend. Es war ihnen nicht gelungen herauszufinden, was aus dem alten Mann geworden war: Keiner von den Nachbarn hatte gut genug Deutsch gesprochen, um ihre Fragen zu beantworten. Vielleicht hatten sie auch einfach nichts gewusst.

Michael war untröstlich gewesen. »Ich hätte dich ihm gerne vorgestellt, Evchen. Ihr hättet euch gemocht.«

Noch immer schwieg sie. Die Geschichte hatte auch heitere Seiten, aber der Teil, der jetzt kam, war der schwerste. In diesem Jahr zumindest. In diesem ganz besonderen Jahr.

»Weiter!«, drängte Julia.

Marie rührte sich nicht. Eva zog beide Töchter noch ein wenig näher zu sich heran.

»Papa wählte also die Brosche aus, weil sie ihm am besten gefiel – das sagte er auch. Der alte Herr hat bloß genickt, als sei ihm das bereits klar gewesen. ›Wir sind noch nicht lange verheiratet‹, hat euer Papa erklärt. ›Dies wird unser erstes gemeinsames Weihnachtsfest.‹

Der alte Herr hat daraufhin zunächst gar nichts erwidert, aber sein Blick ist ganz traurig geworden. Er hat vor sich hingestarrt und schließlich gesagt: ›Meine Frau ist vor einigen Monaten gestorben. Dies wird mein erstes Weihnachtsfest ohne sie.‹

Papa war bestürzt über diese Worte und sagte: ›Das tut mir sehr Leid.‹

Doch der alte Herr antwortete ihm nur: ›Es muss Ihnen nicht Leid tun, das ist der Lauf der Welt. Ich werde bald bei ihr sein, darauf freue ich mich schon.‹

Sie haben nicht mehr viel miteinander geredet. Papa hatte ja auch nur wenig Zeit. Er hat bezahlt, der alte Herr hat ihm die Brosche schön verpackt und Papa, der schon halb aus der Tür war, noch einmal zurückgerufen.

›Warten Sie bitte, ich habe hier noch etwas, das ich Ihnen geben möchte!‹

Obwohl die Zeit drängte, ist Papa noch einmal zurückgegangen. Der alte Herr hielt eine Christbaumspitze in den Händen. Sie funkelte in einem wunderschönen dunklen Rot, so wie Rotwein manchmal funkelt, wenn man ihn ans Licht hält. Oder auch wie Granat. Ja, die Christbaumspitze hatte fast die gleiche Farbe wie der Schmuck, den der Mann in seinem Laden verkaufte. Er hielt sie ein wenig höher, damit das Licht sie besser traf und Papa ihre ganze Schönheit bewundern konnte. Es war eine kostbare alte Spitze mit glitzernden weißen Sternen, und ganz oben trug sie tatsächlich einen kleinen Kranz aus Granatsteinen.

›Es ist ein Geschenk von meiner Frau zu unserem ersten gemeinsamen Weihnachtsfest‹, erklärte der alte Herr. ›Wissen Sie, wie lange das jetzt schon zurückliegt?‹

Nein, Papa wusste es nicht, deshalb hat er den Kopf geschüttelt.

›Fünfundfünfzig Jahre. Wir haben sie immer in Ehren gehalten.‹ Der traurige Ausdruck verschwand von seinem Gesicht, er lächelte sogar, als er weitersprach. ›Wir haben keine Kinder bekommen können, meine Frau und ich, und deshalb kann ich die Christbaumspitze nicht vererben. Ich wüsste niemanden, dem sie etwas bedeuten würde. Ich möchte aber, dass ihr erstes Geschenk an mich nach meinem Tod Menschen gehört, die es zu schätzen wissen. Nehmen Sie die Spitze mit, und schenken Sie sie in diesem Jahr Ihrer Frau zu Weihnachten. Vielleicht erzählen Sie später Ihren Kindern von dem alten Mann in Prag, bei dem Sie eine Brosche gekauft haben und der Ihnen darauf diese Christbaumspitze geschenkt hat. Es wäre mir eine Freude, wenn Sie sie von mir annehmen würden. Bei Ihnen ist sie in den richtigen Händen, das spüre ich.‹

Papa war den Tränen nahe, das wisst ihr ja, er hat es uns oft genug erzählt. Er hatte das Gefühl, ein solches Geschenk unmöglich annehmen zu können. ›Es wird Ihnen das Herz brechen, wenn Ihr Weihnachtsbaum dieses Jahr die Spitze nicht trägt‹, wandte er schließlich ein.

›Ich werde keinen Baum haben‹, erwiderte der alte Herr nur. ›Ohne meine Frau brauche ich keinen Weihnachtsbaum. Und ohne Baum keine Spitze. Nehmen Sie sie ruhig! Ein schöneres Geschenk könnten Sie mir zum Fest nicht machen. Es wird mich trösten zu wissen, wo sie ist.‹

Und so kam es, dass Papa mehr Geschenke für mich nach Deutschland mitbrachte als geplant.«

Wieder schwieg Eva, ihre Augen waren feucht geworden. Noch immer ging es ihr nahe, wenn sie an den alten Tschechen dachte. Das Erzählen jedoch fiel ihr unerwartet leicht, und sie fand jetzt auch, dass der Dachboden der richtige Ort für die Geschichte war, weil die Christbaumspitze hier oben fast das ganze Jahr über auf ihren großen weihnachtlichen Auftritt wartete.

Mit kräftigerer Stimme fuhr sie fort. Der Teil, der so schwierig zu erzählen gewesen war, weil er auf einmal eine Parallele zu ihrem eigenen Leben enthielt, lag hinter ihr. »Natürlich konnte Papa mir nach seiner Rückkehr von diesem Erlebnis nicht sofort erzählen, denn dann hätte er mir ja verraten, was er mir schenken würde und dass er dieses Geschenk in Prag gefunden hatte. Er machte immer nur ein geheimnisvolles Gesicht, wenn ich aus ihm herauszulocken versuchte, was er für mich ausgesucht hatte. Ich wusste genau, dass es etwas ganz Besonderes war, denn seine Augen funkelten vor Vergnügen, wenn er mich raten ließ und mich ganz bewusst auf Irrwege führte.

Endlich war der Heilige Abend da, und wir machten uns am Nachmittag gemeinsam daran, unseren ersten Weihnachtsbaum zu schmücken. Wir hatten Kugeln gekauft, Glöckchen und Sterne, einiges hatten wir auch von unseren Eltern bekommen. Es wurde ein wunderhübscher Baum, aber erst als wir fertig waren, fiel mir auf, dass eine Spitze fehlte. Wie hatten wir nur vergessen können, eine Christbaumspitze zu kaufen! Die gehörte doch unbedingt dazu – eine so schöne silberne zum Beispiel wie bei meinen Eltern. Ohne sie wäre bei uns zu Hause ein Weihnachtsbaum undenkbar gewesen.

Aber euer Papa fand die fehlende Spitze nicht schlimm. ›Der Baum ist doch auch so sehr schön!‹, behauptete er. Fast hatte ich den Eindruck, dass er sich ein bisschen über mich lustig machte, denn es zuckte um seine Mundwinkel, als er das sagte.«

»Aber er hat sich gar nicht über dich lustig gemacht«, warf Julia ein.

»Nein, Julchen, aber das konnte ich zu dem Zeitpunkt ja noch nicht wissen. Sonst war er immer so einfühlsam, aber jetzt ging er einfach darüber hinweg, dass ich ein bisschen traurig war. Er war sogar richtig vergnügt, man hätte fast den Eindruck haben können, er freute sich, dass wir vergessen hatten, eine Spitze zu kaufen. Das fand ich nicht nett von ihm.«

»Er hat sich ja auch gefreut, aber das wusstest du nicht.«

»Nein, ich wusste es nicht, und deshalb habe ich geglaubt, er versteht mich nicht. In Wirklichkeit hat er mich natürlich sehr gut verstanden. Als es dunkel wurde, haben wir die Kerzen angezündet, und da habe ich dann auch nicht mehr an die Spitze gedacht, es war ja sowieso zu spät, um noch eine zu kaufen.«

Sie hielt inne und sah wieder vor sich, wie Michael und sie vor fünfzehn Jahren Hand in Hand vor dem brennenden Baum gestanden hatten, beide ganz andächtig. Dann hatte er sie in den Arm genommen und geküsst. »Frohe Weihnachten, Evchen! Und hier ist ein Geschenk für dich.« Mit diesen Worten hatte er aus einer seiner Taschen ein Päckchen hervorgezaubert. Ihr war seine Formulierung – »ein« und nicht etwa »mein Geschenk« – wohl aufgefallen, doch sie hatte dem zunächst keine Bedeutung beigemessen.

»Euer Papa griff in die Tasche und sagte: ›Hier ist ein Geschenk für dich‹«, erzählte sie weiter. »Es war sehr liebevoll verpackt und ziemlich klein. ›Mach es auf!‹, drängte er. Das tat ich – und da lag sie, die schöne Brosche, die ihr kennt. Ach, wie habe ich mich darüber gefreut! Ich bin ihm um den Hals gefallen und habe ihn gefragt, woher er wusste, dass ich Granatschmuck liebe, denn ich konnte mich nicht erinnern, es ihm gegenüber schon einmal erwähnt zu haben. Aber er hat nur gelacht und wollte es mir nicht verraten.«

Seit dem letzten Weihnachtsfest hatte Eva die Brosche nicht mehr getragen, sie nicht einmal in die Hand genommen.

»Danach habe ich ihm sein Geschenk gegeben: die Uhr, die er heimlich im Schaufenster bewundert hatte, wenn er dachte, ich merke es nicht. Er hat richtig gestrahlt vor Freude und war genauso überrascht, wie ich es zuvor gewesen war, aber ich habe ihm auch nicht gesagt, wieso ich seinen Wunsch erraten hatte. Ich habe die Brosche an mein Kleid gesteckt, Papa hat die Armbanduhr angelegt, und dann …«

»… dann habt ihr mit Selbstauslöser das Foto gemacht, auf dem ihr so komisch ausseht«, ergänzte Julia.

»Ja, genau.« Das Foto war schon oft Gegenstand allgemeiner Heiterkeit gewesen: Stolz, aber ein wenig dümmlich lächelnd, hatten sie sich in Positur gestellt, bemüht, ihre Geschenke ins beste Licht zu rücken.

»Und dann sagte Papa plötzlich ganz harmlos: ›Hier ist übrigens noch etwas für dich, Evchen. Das habe ich auch aus Prag mitgebracht. Vorsicht, es ist zerbrechlich.‹

Ich sah die Form des Päckchens in seiner Hand, aber ich dachte an alles Mögliche, nur nicht an das, was zum Vorschein kam, als ich das Papier entfernt hatte: Es war unsere wunderschöne rote Christbaumspitze! Sie funkelte mit dem Granatschmuck um die Wette, ja, sie trug an der Spitze sogar selbst einen kleinen Granat-Kranz. Ich glaubte zu träumen. Niemand kann sich vorstellen, wie glücklich ich in dem Augenblick war. Nun verstand ich auch, warum eurem Papa die fehlende Spitze gar nicht wichtig gewesen war.

Er nahm sie mir aus der Hand, stieg auf einen Stuhl und setzte sie sehr vorsichtig oben auf den Baum. Ihr glaubt nicht, wie verändert der plötzlich aussah! Er hatte uns auch vorher schon gefallen, aber jetzt war er so schön, dass wir ganz andächtig wurden. Wir setzten uns aufs Sofa, Papa zog mich ganz dicht zu sich heran und erzählte mir von dem düsteren Laden und seinem Besitzer. Zum Schluss sagte er: ›Fünfundfünfzig Jahre sind die beiden verheiratet gewesen. Ich hoffe, wir beide schaffen das auch!‹ Wir haben uns in die Augen gesehen und uns einen Kuss gegeben. Das war unser Versprechen für die Zukunft.«

Eva musste schlucken und sprach danach schnell weiter. »Und seitdem haben wir an jedem Weihnachtsfest voller Dankbarkeit an den alten Herrn gedacht, der uns ein so großzügiges Geschenk gemacht hatte.«

Ein Geschenk, das ein Symbol für ihre Liebe gewesen war. Dafür, dass sie ewig dauern sollte. Oder wenigstens fünfundfünfzig Jahre lang.

»Und dann haben wir noch ein zweites Foto gemacht: wir beide mit unseren Geschenken unter dem Baum, der jetzt die kostbare rote Spitze aus Prag trug. Sie vor allem hat unser erstes gemeinsames Weihnachtsfest unvergesslich werden lassen.«

Sie blieben nach diesen Worten alle drei ruhig sitzen, jede in Gedanken und Erinnerungen verloren. Nur langsam kehrten sie in die Gegenwart zurück, spürten auf einmal die Kälte, die auf dem Boden herrschte.

»Lasst uns nach unten gehen«, schlug Eva vor. »Mir ist eiskalt.«

Die Mädchen widersprachen nicht, sondern standen sofort auf. Eva nahm den Karton mit dem ausgewählten Baumschmuck, dann verließen sie den Dachboden. Unten im Wohnzimmer empfing sie wohlige Wärme.

FÜNFTES KAPITEL

Emma, ich mag dich. Können wir uns sehen? Niko.«

Er hatte die Taste gedrückt, mit der die Meldung gesendet wurde, und anschließend kaum glauben können, dass er das wirklich getan hatte. Einige schreckliche Sekunden lang stellte er sich vor, wie Emma seine Fast-Liebeserklärung kichernd ihren Freundinnen zeigte. Ihm blieb fast das Herz stehen, wenn er nur daran dachte.

Aber Emma war keine, die sich über alles und jeden lustig machte, so schätzte er sie nicht ein. Und einer musste den Anfang machen, wie sollte es sonst gehen? Seine Mutter hatte das schließlich auch gesagt: Manchmal musste man etwas riskieren.

Er war bereits enttäuscht gewesen, als nicht innerhalb weniger Minuten eine Antwort eingetroffen war. Er hatte die SMS zu Hause entworfen, war bis zur Vechte gelaufen und hatte sie erst dort abgeschickt. Es gab Dinge, die konnte man nur machen, wenn man ganz allein war. Danach hatte er einige Minuten atemlos gewartet, schließlich aber begriffen, dass er nicht so bald mit einer Antwort rechnen konnte.

Nun saß er mit seinen Freunden in einem Café am Ufer der Vechte, wo sie Cola tranken und vor allem dumme Sprüche klopften. Wann immer ein Mädchen in der Nähe auftauchte, übertrumpften sie sich gegenseitig mit ihren

Bemerkungen. Niko beteiligte sich nicht daran. Andere Mädchen waren ihm gleichgültig. Er dachte nur an Emma.

»Da kommt ja das neue Liebespaar!«, rief Patrick plötzlich so laut, dass alle aufmerksam wurden und aus dem Fenster sahen. »Hat er's endlich geschafft, der Marco!« Neid schwang in seiner Stimme mit, aber vor allem Bewunderung.

Auch Niko sah nach draußen. Im selben Moment verspürte er einen heftigen Stich in der Herzgegend. Marco ging direkt vor seinen Augen mit Emma spazieren, wobei er eifrig auf sie einredete. Sie lächelte, allerdings ein wenig schüchtern, wie Niko schien. Vermutlich überhäufte Marco sie gerade mit Komplimenten: wie hübsch und wie klug er sie fand. Genau die richtige Freundin für Marco Supermann.

Niko konnte die Augen nicht abwenden, obwohl der Anblick von Emma, wie sie Marco anlächelte, mehr schmerzte, als er es für möglich gehalten hätte. Wie war er nur auf den Gedanken verfallen, Marco vielleicht ausstechen zu können? Wieso hatte er diese SMS bloß abgeschickt?

Emma war auf die Gruppe im Café aufmerksam geworden. Sie sagte etwas zu Marco und kam direkt auf den Eingang zu. Marco schien damit nicht einverstanden zu sein, denn er versuchte sie aufzuhalten, was ihm jedoch nicht gelang. Nur widerstrebend folgte er ihr.

Hastig stand Niko auf, ein Zusammentreffen mit Emma war wirklich das Letzte, was er jetzt ertragen konnte. Außerdem nervten die anderen mit ihren Sprüchen. »Ich geh dann mal«, sagte er.

»Wieso denn ausgerechnet jetzt, wo's interessant wird?«, rief Patrick.

Die anderen lachten.

»Hab noch was vor«, murmelte Niko.

Emma und Marco näherten sich der Tür.

»Dann mach's mal gut, Alter!«, rief ihm Jo nach, mit dem er sich von allen am besten verstand. Jo hatte ihm geholfen, eine CD zu brennen, ein Geschenk für seine Mutter. »Frohe Weihnachten!«

Niko nickte nur. Er bezahlte an der Theke, wobei er es beharrlich vermied, einen Blick zur Tür zu werfen. Hoffentlich gingen Emma und Marco direkt zu den anderen an den Tisch, dann musste er sie nicht einmal begrüßen. Aber er hatte Pech. Emma war stehen geblieben und sah ihn an. Marco, der das erst bemerkte, als er schon bei den anderen stand, kam noch einmal zurück. Er tat, als habe er Niko vorher nicht gesehen.

»Hey«, sagte er lässig, »gehst du schon?«

Niko nickte, er traute seiner Stimme nicht. Dann sagte er aber doch: »Hab noch was vor. Ciao!«

»Niko«, begann Emma, doch Marco unterbrach sie sofort.

»Komm endlich, Em!«, drängte er. »Du hast doch gehört, dass Niko weg will!« Er legte ihr besitzergreifend einen Arm um die Schultern. Sie schien es nicht zu bemerken.

Es gelang Niko nicht ganz, Emmas Blick auszuweichen. Für eine schreckliche schöne Sekunde sah er in die blauen Augen, von denen er schon so oft geträumt hatte, dann murmelte er, er habe es wirklich schrecklich eilig, und rannte hinaus.

Ziellos lief er noch eine ganze Weile in der Fußgängerzone umher, aber die Weihnachtslieder gingen ihm ebenso auf die Nerven wie der Geruch nach Glühwein und Bratwürsten. Dann schlug er ohne nachzudenken den Weg zum Schwarzen Garten ein.

Dieser war vor Jahren von Jenny Holzer, einer berühmten amerikanischen Konzeptkünstlerin, zum Gedenken an die Opfer des Ersten Weltkriegs angelegt worden, wurde aber längst als allgemeine Gedenkstätte genutzt. Der Garten trug seinen Namen wegen der dunklen oder sogar schwarzen Pflanzen, die die Künstlerin dafür ausgewählt hatte. Unter den Bewohnern der Stadt war die Anlage heftig umstritten. Die einen fanden sie öde, geradezu trostlos. Andere ließen den düsteren, streng gestalteten Ort auf sich wirken und fanden, dass er einem steinernen Mahnmal an Ausstrahlung nicht nachstand.

Zu diesen gehörte Niko. Er mochte den Schwarzen Garten, seit er vor sechs Wochen mit seiner Klasse dort gewesen war und ihre Lehrerin ihnen erklärt hatte, was die Künstlerin zu ihrem Werk veranlasst hatte. Es war ein stiller und trauriger Ort, gewiss. Aber es musste auf der Welt auch solche Orte geben, das wusste er seit dem vergangenen Januar: Orte, an denen man innehalten konnte.

Für ihn war der Schwarze Garten eine Art moderner Friedhof; hier schien die Zeit stillzustehen. Verstärkt wurde diese Wirkung dadurch, dass er abseits der Nordhorner Innenstadt lag, im spitzen Winkel zweier ruhiger, aufeinander zu laufender Seitenstraßen: so versteckt, dass man ihn nur fand, wenn man ihn kannte oder nach ihm suchte.

Er erinnerte sich daran, dass auch Emma von der Anlage beeindruckt gewesen war; zusammen mit drei, vier weiteren Mitschülern waren sie jedoch deutlich in der Minderheit gewesen. Die meisten hatten nichts mit dem Garten anfangen können. Marco, fiel ihm jetzt wieder ein, hatte sogar hinter dem Rücken der Lehrerin Witze gerissen.

Er blieb eine Weile dort, dachte an Emma und stellte sich vor, dass er seine Gefühle für sie hier begrub. Danach machte er sich auf den Heimweg, mit brennenden Augen und einem eiskalten Klumpen dort, wo normalerweise sein Magen war.

Er meldete sich nicht zurück wie sonst, wenn er nach Hause kam. Schweigend schloss er die Haustür hinter sich, zog die Schuhe aus, hängte seine Jacke auf.

Er wollte gerade nach oben gehen, als Julia in der Küchentür erschien. »Wir haben die Weihnachtskiste geholt«, sagte sie. »Und Mama hat uns die Geschichte von der Christbaumspitze erzählt. Der Baum wird in diesem Jahr rot. Nur rot.«

Rot wie die Liebe, dachte Niko. Ich hasse Rot.

»Gut«, sagte er.

»Wir essen gerade Stollen, Marie und ich. Mama ist im Garten. Wegen dem Baum. Und ich mache gleich Fensterbilder. Engel und Wolken und so.«

»Gut«, wiederholte er. Ihm fiel nichts anderes ein.

Marie erschien nun auch in der Tür, mit einem Stück Stollen in der Hand, das sie ihm reichte.

»Danke«, murmelte er angestrengt lächelnd. Er konnte jetzt keinen Stollen essen, nahm das Stück aber trotzdem. »Ich geh mal nach oben.«

»Aber der Baum!«, rief Julia ihm nach. »Mama wartet doch auf dich.«

Er tat, als habe er sie nicht gehört. Bevor er sich auf sein Bett legte, sah er vorsichtshalber noch einmal auf dem Handy nach, ob Emma ihm vielleicht doch noch geantwortet hatte, aber es war keine Meldung eingegangen. Was hätte sie ihm auch mitteilen sollen? Es war ja vorhin nicht zu übersehen gewesen, und deshalb hatte Patrick auch ganz richtig bemerkt: Marco und Emma waren das neue Liebespaar!

Trotz der Kälte war es Eva warm geworden. Da Niko länger weggeblieben war als erwartet, hatte sie den Baum allein vom Schnee befreit und zum Hintereingang gezerrt, was gar nicht so einfach gewesen war. Es war ein großer Baum, entsprechend schwer war er. Vor der Terrasse fegte sie ihn noch einmal gründlich ab und schnitt das Band auf, das die Zweige zusammenhielt. Gleich darauf wünschte sie, sie hätte das lieber nicht getan, denn jetzt war er erst recht sperrig und ließ sich noch schlechter bewegen als zuvor. Außerdem wurde es langsam dämmerig.

Nebenan tauchte ihr Nachbar auf und schüttete Futter in das hölzerne Vogelhäuschen. Er hatte es an dem Kirschbaum aufgehängt, der vor vielen Jahren von Herrn Bergmann gepflanzt worden war. Immerhin war es nett von ihm, die Vögel zu füttern. An Menschen schien er ja nicht sehr interessiert zu sein, aber dass er an die hungernden Vögel dachte, war wenigstens ein sympathischer Zug. Nicht, dass sie Julias Verdacht gegen ihn teilte, das tat sie wirklich nicht, aber was sollte man von einem Mann halten, der nie lächelte oder auch nur einen freundlichen Satz sagte? Er war so vertieft in sein Tun, dass er sie gar nicht bemerkte.

Aber ganz gleich, ob er sympathisch oder unsympathisch war: Bergmanns waren ohnehin unersetzlich. An einem Tag wie diesem fiel ihr besonders auf, wie sehr die beiden ihr fehlten: Frau Bergmann mit ihren selbst gebackenen Plätzchen, von denen sie immer ein Blech nach nebenan zu Roths getragen hatte; Herr Bergmann mit seinem handwerklichen Geschick, der ihr mehr als einmal bei kleineren Problemen im Haus geholfen hatte; Michael und Herr Bergmann, wie sie über Rosensorten fachsimpelten; Marie und Frau Bergmann, die stundenlang zusammen Puzzle legten. Das alles war vorbei.

Im ersten Stock ging das Licht an, im Zimmer der Jungen. Sie unterbrach ihre Arbeit. Paul war sicher noch nicht zu Hause, er hatte sehr geheimnisvoll getan, sie nahm an, dass er mit Bülent in letzter Minute noch Weihnachtsgeschenke fertig stellte. Also musste es Niko sein. Aber wieso war er oben und nicht bei ihr auf der Terrasse?

Sie ließ den Baum einfach liegen, schüttelte die schneebestäubte Jacke aus und trat ins Haus. Sie warf einen kurzen Blick in die Küche, wo Marie und Julia sich beim Malen nicht stören ließen, und ging nach oben. »Niko?«

Sie bekam keine Antwort. Die Tür war geschlossen. Noch einmal rief sie: »Niko?«

Alles blieb still. Sie klopfte, dann öffnete sie vorsichtig die Tür. Niko lag auf dem Bett. »Ich will allein sein«, sagte er, ohne sich zu rühren.

»Was ist denn passiert?«

Zuerst dachte sie, er würde ihr nicht antworten, aber dann richtete er sich auf; sein Blick war anklagend. »Du hast gesagt, ich soll Emma eine SMS schicken!«

»Ja, und?«

»Und jetzt geht sie mit Marco! Ich habe sie selbst gesehen. Wahrscheinlich lachen sie sich zusammen tot, wenn sie lesen, was ich ihr geschrieben habe!«

»Niko …«, begann Eva hilflos, doch er ließ sie nicht ausreden.

»Lass mich in Ruhe, Mama! Ich hab jetzt keine Lust, darüber zu reden.« Er sank auf sein Kissen zurück und schloss die Augen.

Eva blieb noch einen Moment stehen, wandte sich um und verließ das Zimmer. Sie war schon an der Treppe, als er ihr wütend nachrief: »Hätte ich bloß nicht auf dich gehört!«

Sie wäre gern noch einmal zurückgegangen, aber in dieser Stimmung war an ein vernünftiges Gespräch mit ihm sowieso nicht zu denken.

Julia erwartete sie bereits unten am Treppenabsatz. »Was hat Niko denn? Der war schon so komisch, als er nach Hause gekommen ist.«

So vertieft war sie offensichtlich nicht in ihre Fensterbilder gewesen.

»Er ist traurig«, sagte Eva. »Wir sollen ihn in Ruhe lassen.«

»Hat er etwa Liebeskummer?«, fragte Julia altklug.

»Wie kommst du denn auf die Idee?«

»Das haben doch fast alle. Willst du mal meine Fensterbilder sehen, Mama?«

Eva nickte. Allein kam sie mit dem Baum doch nicht weiter. Wenn Niko ihr nicht half, würde sie auf Paul warten müssen.

»Riecht klasse«, sagte Bülent.

»Echt?«

»Ja, das kannst du so lassen. Vielleicht hätte ich für meine Mutter auch Rosenduft nehmen sollen. Wenn sie Blumen kriegen soll, wünscht sie sich immer Rosen.«

Paul zögerte, dann sagte er: »Mein Papa mochte Rosen gern. Er hat in unserem Garten welche gepflanzt, so alte, die duften. Ich dachte, das ist vielleicht eine schöne Erinnerung für sie.« Er hatte ein Dusch- und Badeöl für seine Mutter gemischt, aber er war mit dem Ergebnis lange nicht zufrieden gewesen.

»Dann machen wir jetzt deins«, entschied er.

Bülent hatte sich Veilchenduft ausgesucht. »Wenn das nichts wird«, sagte er, »nehme ich auch Rosen.«

»Klar wird das was.« Konzentriert machten sie sich an die Arbeit.

»Hast du gefragt?«, wollte Bülent nach einer Weile wissen.

»Ja, aber ich darf nicht. Hab ich dir doch gleich gesagt.«

»Mist!«, rief Bülent enttäuscht. »Ich hatte mich schon so gefreut.«

»Ich darf aber am ersten Weihnachtstag kommen. Nur Heiligabend nicht, weil wir jetzt zusammenhalten müssen. Du weißt schon.«

Bülent nickte und hielt seine Nase über das Gemisch, das sie gerade zusammengestellt hatten. »Zu stark«, sagte er. »Puh, das stinkt ja richtig.«

Sie verdünnten die Mischung. »Hat Marie wieder angefangen zu sprechen?«

»Nee.«

»Vielleicht bleibt sie für immer stumm.«

»Bloß nicht!«, wehrte Paul entsetzt ab. Der Gedanke war ihm auch schon öfter gekommen. »Manchmal kann ich mich gar nicht mehr an ihre Stimme erinnern, so lange ist das schon her.«

Sie sprachen oft über ihre Geschwister, Paul vor allem über seine Schwestern, die er beide merkwürdig fand, seit sie keinen Vater mehr hatten. Bülent beklagte sich meistens über seine älteren Brüder, die ihn ständig herumkommandieren wollten.

»Vielleicht muss man sie mal richtig erschrecken«, meinte er nun. »Dann schreit sie, und danach spricht sie wieder. So eine Art Schocktherapie.«

Paul bezweifelte, dass das eine gute Methode war. »Das geht bei Marie nicht«, sagte er. »Die ist noch zu klein.« Er grinste plötzlich. »Aber Julia, der würde ich gern mal einen richtigen Schrecken einjagen, damit sie aufhört rumzuspinnen.«

»Wäre einen Versuch wert. Vielleicht vergeht ihr dadurch die Lust an ihren komischen Geschichten«, meinte Auch Bülent. Er schob die Flasche mit dem Ölgemisch zu Paul hinüber. »Riech mal!«

Das tat Paul. »Genauso gut wie meins«, stellte er fest.

Bülent war seiner Ansicht. Er verschloss die Flasche, dann räumten sie auf. So ordentlich waren sie sonst nicht, aber Geschenke mussten schließlich geheim bleiben bis Heiligabend. Also wurden sämtliche Spuren ihres Tuns sorgfältig getilgt; Bülent öffnete sogar das Fenster. »Mann, das riecht ja jeder sofort, der hier reinkommt!« Zum Schluss wickelten sie die Flaschen noch in Weihnachtspapier.

»Ich geh dann mal«, sagte Paul.

Bülent brachte ihn zur Tür. Der größte Teil der Familie saß im Wohnzimmer vor dem Fernsehapparat, verfolgte eine Sendung in türkischer Sprache und winkte Paul daher nur zu.

Die Freunde klatschten ihre Hände gegeneinander. »Bis dann!« Paul rannte die Treppe hinunter. Bülent wohnte in der Nähe der Altendorfer Schule in einem mehrgeschossigen Wohnhaus. Normalerweise legte Paul den Weg zu ihm mit dem Fahrrad zurück, das dauerte nur einige Minuten. Aber jetzt war es zu glatt zum Fahrradfahren, er würde erst in einer guten Viertelstunde zu Hause sein.

Er rannte den ganzen Gildkamp entlang. In der Fußgängerzone kam er nicht mehr so schnell voran. Noch war hier viel Betrieb. Auf dem Weihnachtsmarkt wurde noch einmal Glühwein getrunken und eine letzte Bratwurst gegessen, bevor die ersten Buden wieder abgebaut würden, wie immer am 23. Dezember. Er bog nach links ab, wo es ruhiger war, und rannte wieder, damit ihm warm wurde. Die Pudelmütze hatte er tief über die Ohren gezogen und die Hände in den Taschen seiner dicken Jacke vergraben.

Als er die Innenstadt hinter sich hatte, überquerte er die Vechte auf einer der hübsch geschwungenen kleinen Brücken mit Holzgeländer, von denen es hier viele gab. Nun war es nicht mehr weit. Er umklammerte die Flasche mit dem nach Rosen duftenden Badeöl fest mit der rechten Hand. Hoffentlich freute sich seine Mutter auch wirklich darüber.

Natürlich wusste er, dass ihr größter Wunsch nicht in Erfüllung gehen konnte: dass sein Vater zurückkehrte. Das wäre für sie alle am schönsten. Paul erinnerte sich noch genau daran, dass er zuerst nicht an den Tod seines Vaters und seiner Großeltern geglaubt hatte. Solche Unfälle kamen vor, das wusste er natürlich, aber sie passierten doch eher in anderen Familien, nicht in der eigenen.

Manchmal stellte er sich vor, dass Papa, Oma und Opa noch lebten, aber ihr Gedächtnis verloren und deshalb noch nicht wieder nach Hause zurückgefunden hatten. Aber irgendwann, eines Tages, würden sie heil vor der Tür stehen.

Und dann wäre er der Einzige, der sagen konnte: ›Ich wusste doch, dass ihr noch lebt. Ich habe nie geglaubt, dass ihr tot seid.‹ Monatelang war ihm diese Vorstellung tröstlich gewesen, aber seit einiger Zeit nicht mehr. Sie würden nicht wiederkommen, er wusste es jetzt.

Endlich war er zu Hause. Drinnen war es so warm, dass er sich erleichtert die Mütze vom Kopf riss und seine Jacke fallen ließ. »Mann, ist das kalt!«

Er wollte eben seine Schuhe ausziehen, als seine Mutter aus dem Wohnzimmer kam. »Da bist du ja endlich, Paul«, sagte sie. »Du musst mir mit dem Baum helfen.«

Ihre Stimme klang komisch, aber geweint hatte sie nicht. »Ich dachte, das wollte Niko machen.«

»Eigentlich schon. Aber jetzt musst du mir helfen. Ist leider nicht zu ändern.« Eine kleine Genugtuung schwang in ihrer Stimme mit. Den Weihnachtsbaum so zu bearbeiten, dass er in den Ständer passte, war genau die Art von Mühe, der ihr Zweitältester gewöhnlich elegant aus dem Weg ging.

»Kann ich mich ja gleich wieder anziehen«, murrte Paul. Er hatte überhaupt keine Lust, sich um den Baum zu kümmern, er hatte sich für heute genug angestrengt. Außerdem wäre es ihm lieber gewesen, wenn er das Rosenöl zuerst oben im Zimmer hätte verstecken können.

»Ja, bitte. Und beeil dich. Der Baum liegt schon vor der Terrasse, aber er ist zu schwer, ich kann ihn nicht allein ins Wohnzimmer tragen. Außerdem habe ich Angst, dass es wieder anfängt zu schneien. Es war ziemlich mühsam, ihn abzufegen.«

»Es schneit nicht.« Paul zog missmutig Jacke und Handschuhe wieder an, die Mütze ließ er liegen. Widerwillig folgte er Eva nach draußen.

»Was ist denn mit Niko?«

»Frag ihn selbst. Oder nein, frag ihn besser nicht. Er ist traurig. Und er ist böse auf mich, weil er denkt, dass ich ihm einen falschen Rat gegeben habe.«

Paul wartete auf eine nähere Erklärung, doch die bekam er nicht. Natürlich würde er Niko nachher fragen, aber wahrscheinlich würde er sowieso keine Antwort von seinem Bruder kriegen.

Keuchend vor Anstrengung, schleppten sie den Baum ins Wohnzimmer.

»Und jetzt?«, wollte Paul wissen.

»Jetzt ziehst du die warme Jacke und die Schuhe aus, und dann muss der Stamm zurechtgeschnitten werden. Er ist zu dick für den Ständer.«

»Ich weiß gar nicht, wie das geht.«

»Wir schaffen das schon.«

Julia und Marie tauchten auf. »Wir können euch auch helfen«, sagte Julia und forderte damit Pauls Ehrgeiz heraus.

»Das ist Männerarbeit!«, sagte er. »Nichts für kleine Mädchen.«

»Ich bin nicht klein!«, entgegnete Julia wütend. Paul hatte sie an einer empfindlichen Stelle getroffen.

»Hört auf zu streiten!«, sagte Eva. »Wir können nicht alle an dem Baum arbeiten, Julchen. So groß ist er nun auch wieder nicht.«

In diesem Augenblick polterte Niko die Treppe herunter. Sein Gesicht war blass und verschlossen, als er ins Wohnzimmer kam, aber er sagte: »Ich mache das schon mit dem Baum.«

»Wir machen das!«, widersprach Paul. Jetzt wollte er seinen Platz nicht mehr räumen.

Niko nickte. Er vermied es, seine Mutter anzusehen, aber sein Kommen war ein Friedensangebot, das Eva froh stimmte. Vielleicht würde er später auch bereit sein, noch einmal mit ihr über Emma zu reden.

Sie brauchten fast eine Stunde, um den Baum in den Ständer zu bringen. Bisher hatte Michael den Stamm der Tanne immer passend zurechtgeschnitten, nun versuchte sich Paul an dieser Aufgabe, unterstützt durch Niko und Eva, während Julia und Marie auf dem Sofa Platz genommen hatten und den Fortgang der Arbeit aufmerksam beobachteten. Natürlich war Paul nicht auf Anhieb erfolgreich, obwohl Niko und Eva den Baum hielten und ihr Bestes taten, um ihm zu helfen.

Schließlich war es aber doch geschafft. »Mann, das war ja superschwer!«, stellte Paul fest, als habe er die Arbeit allein geleistet.

Niko sagte noch immer nichts, schien aber zufrieden zu sein, dass der Baum endlich stand.

»Er steht schief«, verkündete Julia mit kaum verhohlener Schadenfreude. »Und wie!«

»Stimmt leider«, stellte Niko fest, nachdem er die Tanne von der Tür aus kritisch begutachtet hatte. Aber das Problem konnte vergleichsweise schnell gelöst werden.

Danach scheuchte Eva die Kinder aus dem Wohnzimmer und verschloss es. Das war Tradition: Erst zur Bescherung durfte es wieder betreten werden.

In ungefähr vierundzwanzig Stunden würde es so weit sein.

Später an diesem Abend suchte Eva nach der Brosche. Sie hatte sie ganz hinten in eine der Schubladen gelegt, die sie selten benutzte. Sie fand das kleine Kästchen nicht sofort, stattdessen griff sie in etwas Weiches, Wolliges und zog es heraus. Es war ein Schal, den sie Michael im Jahr ihres Kennenlernens gestrickt hatte: eine fröhlich bunte Schlange, aus lauter Resten gestrickt, ohne Rücksicht darauf, ob die Farben zusammenpassten oder nicht. Ein Schal, der ihr damaliges Lebensgefühl ausdrückte: Die Welt ist bunt und aufregend. Sie hatte nicht einmal mehr gewusst, dass er noch existierte.

Wieder wurde ihr das Herz schwer. Wie sollte sie dieses Weihnachtfest nur überstehen?

Michael hatte den Schal geliebt und ihn oft getragen. Es gab Fotos, auf denen er ihn stolz vorführte, mal um den Hals, mal um den Kopf, einmal auch um den ganzen Körper gewickelt. Und immer zeigte er mit dem Finger darauf: Seht her, meine Freundin hat ihn mir gestrickt. Sie erinnerte sich noch gut daran, unter welchem Gelächter diese Fotos entstanden waren. Sie hatte sich den Schal danach öfter ausgeliehen. Erst viel später war er in Vergessenheit geraten.

Sie drapierte ihn sich um den Hals, wickelte ihn hoch bis unter die Nase und fand noch immer Michaels Geruch darin oder vielleicht auch nur eine ferne Ahnung davon. Dabei konnte sie sich nicht daran erinnern, ihn in den letzten Jahren noch einmal mit dem Schal gesehen zu haben.

So vermummt legte sie sich ins Bett, ließ ihren Tränen freien Lauf und schlief ein, die Nase noch immer in der bunten Wolle vergraben.

SECHSTES KAPITEL

★

Eva träumte. Einen bekannten, immer wiederkehrenden Traum voller Unbeschwertheit und Glück. Michael und sie saßen zusammen im Garten; er erzählte ihr eine Geschichte und unterstrich seine Worte mit ausdrucksvollen Gesten und komischen Grimassen, die sie zum Lachen brachten. Es war eine Situation, wie es sie oft gegeben hatte und noch geben würde. Sie fühlte sich wunderbar gelöst, zugleich aber auch verwirrt, denn sie erinnerte sich deutlich daran, wie verzweifelt sie in letzter Zeit gewesen war. Doch nun erkannte sie, dass es dafür keinen Grund gegeben hatte, denn Michael war bei ihr. Alles war wie immer. Sie waren zusammen.

Mit einem Ruck fuhr Eva im Bett hoch. »Michael?«, rief sie fragend. »Michael!« Sein vertrauter Geruch hing im Zimmer, er musste da sein. Doch als sie die Hand nach ihm ausstreckte, griff sie ins Leere. Ins Kalte.

Noch immer war sie halb im Garten, sah Michaels Gesicht, hörte seine Stimme, aber ihr Herz fing an zu rasen. Etwas war passiert, das spürte sie. Es wollte ihr nur nicht so schnell einfallen. »Michael?« Ihre Stimme war kaum mehr als ein Flüstern. Keine Antwort. Sie tastete nach dem Ding, das sich um ihren Körper wickelte. Es war Michaels Schal.

Der Schock kam so heftig, dass sie wimmernd ins Bett zurücksank. Michael war tot, und es war Heiligabend.

Sie wusste, dass sie sofort aufstehen musste, später würde

sie nicht mehr die Kraft dazu finden. Schon jetzt spürte sie, wie ihr Kopf wieder schwer wurde und sich nach Vergessen sehnte. Schlafen, nur noch schlafen. Wenn man schlief, fühlte man nichts. Man durfte nur nicht träumen.

Sie schlug die Decke zurück und sprang förmlich aus dem Bett. Kaum fünf Minuten später verließ sie das Haus. Sie musste laufen, sie musste dem Traum weglaufen, der Erinnerung daran, wie glücklich sie gewesen war, bis sie ihren grausamen Irrtum hatte erkennen müssen. Der Traum war ein Trugbild gewesen, wieder einmal. Und wieder einmal war sie ihm für einige selige Augenblicke erlegen.

Es hatte in der Nacht noch einmal heftig geschneit. Wo sie gestern gefegt hatten, lag wieder eine makellose weiße Decke. Das Morgenlicht brach gerade erst zögernd durch die grauen Wolken.

Sie schlug den üblichen Weg ein: über die Straße und die Brücke zur Allee. Die ersten Autos rutschten vorsichtig vorüber, aber es waren nur wenige, die meisten würden ihre Wagen wohl lieber zu Hause stehen lassen bei diesem Wetter. Ihr fiel auf, dass der Schnee nicht nur sämtliche Geräusche dämpfte, sondern auch alles verlangsamte.

Unten, auf dem Weg am Seeufer, lag der Schnee recht hoch. Sie zögerte, aber ihr Verlangen danach, sich den Kopf leer zu laufen, war so groß, dass sie sich fast automatisch in Bewegung setzte. Nach wenigen Schritten hatte sie sich an die veränderte Wegbeschaffenheit gewöhnt.

Sie war allein. Ihr Atem ging schneller, rasch wurde ihr warm. Sie hörte die Wasservögel, konnte sie jedoch nur als Schatten in der Mitte des Sees ausmachen. Der Schwanz des Fisches. Schon hatte sie die erste Schmalseite erreicht.

Sie atmete jetzt ganz gleichmäßig, ihr Körper hatte seinen Rhythmus gefunden, die Beine liefen wie von selbst, die Füße trafen den Boden sicher. Das Lokal, der Bootsclub, die Pferdekoppeln. Auf den Stufen nach oben lief sie langsamer, hielt sich sogar am Geländer fest, sie wollte keinen Sturz riskieren. Über das Fischmaul, ein Blick zu ihrem Haus hinüber und wieder nach unten zum Ufer. Die zweite Runde.

Sie dachte nicht mehr. Sie überließ sich dem Rhythmus ihrer Bewegungen und ihren Sinneseindrücken. Die Nacht war vorüber, der Traum nur noch eine ferne Erinnerung. Sie registrierte das heller werdende Morgenlicht, bewunderte im Vorüberlaufen die zarte Eishaut, die sich an einigen Stellen auf dem Wasser gebildet hatte: leicht geäderte Flächen, noch durchsichtig und so zerbrechlich, dass sie wohl nicht einmal eine Ente tragen konnten. Wenn es jedoch weiterhin so kalt blieb, würde der See zweifellos zufrieren.

Sie lief drei Runden, dann kehrte sie zurück.

Der Nachbar fegte den Gehsteig vor seinem Haus. Er hob kaum den Kopf, als er einen Morgengruß murmelte.

»Guten Morgen«, antwortete Eva und verschwand im Haus.

Alle Kinder schliefen noch.

Unter der Dusche kam die Erinnerung an den Traum noch einmal zurück, aber sie verscheuchte sie energisch, indem sie das kalte Wasser aufdrehte. Ihr blieb sekundenlang die Luft weg, sodass sie wieder zum warmen Wasser wechselte. Sie hatte diese Methode schon öfter ausprobiert: Eiskaltes Wasser versetzte den Körper in einen kurzen Schockzustand, der Kopf wurde leer wie beim Laufen.

Aber natürlich ließen sich Gedanken und Erinnerungen nicht auf Dauer fern halten. Alle Methoden waren nur Notlösungen, kleine Tricks, um sich von einem schwierigen Moment zum nächsten zu hangeln. Der vor ihr liegende Tag würde ein Tag voller schwieriger Momente sein.

Als sie sich abtrocknete, fiel ihr Blick in den Spiegel. Zum ersten Mal seit langem wandte sie sich nicht sofort ab, sondern sah sich selbst in die Augen. Sie war siebenunddreißig Jahre alt, eine gut aussehende Frau mit widerspenstigen braunen Locken, braunen Augen und einer Menge Sommersprossen. Sie war schmal geworden. Aber sonst sah man ihr nichts an. Sie hatte erwartet, dass Michaels Tod sich wie ein Mal auf ihrem Gesicht abgebildet hätte, doch das war nicht der Fall, sie sah aus wie immer. Sie beugte sich näher zum Spiegel. Nein, der Ausdruck ihrer Augen war anders als vorher, aber wer würde das bemerken? So genau sahen die meisten Menschen gar nicht hin.

Sie drehte dem Spiegel den Rücken zu.

Paul schob den Kopf über den Rand seines Bettes und schaute nach unten. »Bist du wach?«

»Ja.« Niko hielt die Augen geschlossen.

»Was war los gestern?« Am Abend zuvor, nachdem sie gemeinsam den Baum aufgestellt und gegessen hatten, hatte Niko sich sofort in ihr Zimmer zurückgezogen, während Paul noch länger ferngesehen hatte. Als er ins Bett gegangen war, hatte Niko so getan, als schliefe er schon.

»Nichts.«

»Klar war was los. Mama hat gesagt, dass du irgendwie sauer auf sie bist. Aber sie hat nicht gesagt, warum.«

»Und ich sage es dir auch nicht. Es geht dich nichts an, kapiert?«

»Man wird ja wohl noch fragen dürfen!«, erwiderte Paul und ließ sich beleidigt in sein Bett zurückfallen. »Niko, der große Schweiger. Kommst du dir nicht blöd vor?«

»Doch«, sagte Niko.

»Und wieso?«

»Bist du taub? Ich habe gesagt, ich will nicht drüber reden!«

»Bitte, dann eben nicht«, murmelte Paul. Genau solche Probleme hatte auch Bülent mit seinen älteren Brüdern. Meistens war Paul froh, dass Niko der Älteste war und nicht er selbst. Er fand es praktisch, jemanden zu haben, hinter dem man sich verstecken konnte, wenn es ernst wurde: wenn man zum Beispiel eine Mutter hatte, die oft traurig war. Niko versuchte Mama zu trösten. Er selbst hätte das nicht gekonnt. Aber es gab Situationen, in denen es ihn wurmte, nicht für voll genommen zu werden. Jetzt zum Beispiel. Niko hätte ihn ruhig ins Vertrauen ziehen können.

Er zog sich die Decke über die Ohren und beschloss, noch eine Runde zu schlafen, aber dann merkte er, dass Niko aufstand, und richtete sich doch wieder auf. Niko stand am Fenster und schaute auf die Straße hinunter. Vom Bett aus konnte Paul seinem Blick gut folgen. Der neue Nachbar fegte den Gehweg vor seinem Haus.

»Es geht nicht gegen dich«, sagte Niko, ohne seinen Bruder anzusehen. »Ich will nur nicht drüber reden. Okay?«

»Okay«, gab Paul gedehnt zurück. Eigentlich war es nicht in Ordnung, aber er begriff, dass Niko nicht mit ihm streiten wollte. Um die versöhnliche Stimmung zwischen ihnen zu festigen, fügte er hinzu: »Ich möchte mal wissen, was mit dem los ist!« Er machte eine Kopfbewegung zu dem Mann auf der Straße.

»Warum muss unbedingt was mit ihm los sein?«, fragte Niko und wandte sich vom Fenster ab. »Vielleicht hat er nur einfach keine Lust zu reden.« Mit diesen Worten verließ er das Zimmer.

»Mann, hat der eine Laune – dabei ist heute Heiligabend«, murmelte Paul und rollte sich noch einmal zusammen. Aber dieses Mal ließ ihn der Schlaf im Stich.

»Wir haben gar keinen Kontakt zu ihm, Frau Bergmann«, erzählte Eva ihrer früheren Nachbarin am Telefon. »Ein sehr zurückgezogen lebender Mann. Aber ein solch nettes Verhältnis wie mit Ihnen werden wir sowieso mit niemandem mehr haben.«

»Es tut gut, dass Sie das sagen«, erwiderte die alte Dame leise. »Für uns gilt das Gleiche, Frau Roth. Wir vermissen Sie und die Kinder sehr. Es vergeht kein Tag, an dem wir nicht an Sie denken.«

Sie berichtete Eva noch von der neuen Umgebung, an die sie und ihr Mann sich nur schwer hätten gewöhnen können, dann wünschten sie einander ein frohes Fest und beendeten das Gespräch.

Im ersten Stock waren Geräusche zu hören, die Kinder ließen sich heute Zeit mit dem Aufstehen, aber Eva konnte es ihnen nicht verdenken. Das Warten auf den Moment, da der Baum brannte und die Geschenke ausgepackt werden durften, würde trotzdem noch lange genug dauern. Und sie wussten ja auch alle, dass dies kein einfacher Tag werden würde.

Sie hätte nur so gern mit Niko gesprochen, mit ihm allein. Gestern Abend hatte er sich ohne ein Wort ins Bett verkrochen, und dass er jetzt noch immer nicht unten war, zeigte ihr, dass er noch nicht bereit war, ihr zu verzeihen. Dabei war sie davon überzeugt, ihm den richtigen Rat gegeben zu haben, auch wenn sich nun vielleicht herausgestellt hatte, dass Emma seine Zuneigung nicht erwiderte.

Liebeskummer tat weh, sie erinnerte sich sehr gut daran.

Sie wählte die Nummer des Krankenhauses, in dem ihr Vater lag. Dass es ihm ein wenig besser ging, hatte ihre Mutter ihr bereits am Tag zuvor berichtet. Auch heute waren die Nachrichten zum Glück positiv, die Stimme ihrer Mutter klang lebhafter. »Ich rufe heute Abend noch einmal an, Evchen. Zur Bescherung.«

»Ist gut«, sagte Eva. Bis zur Bescherung war noch viel Zeit.

Nach dem Gespräch nahm sie ihren Kaffeebecher, ging durch den Flur zur Terrasse und öffnete die Tür nach draußen. Sie hatte an diesem Morgen noch keinen Blick in den Garten geworfen. Nur ein paar Vögel hatten Abdrücke im Schnee hinterlassen, sonst lag das große Viereck makellos weiß vor ihr: Die verlassenen Kaninchenställe hinten am Zaun (ein Überbleibsel aus der Zeit, als Niko und Paul unbedingt Tiere hatten haben wollen), die Tannen, die das Grundstück an der einen Seite begrenzten, die Schaukel, der kleine Sandkasten, sämtliche Sträucher und Blumen trugen weiße Hauben. Die Spur von gestern, als sie den Baum hinter sich hergeschleift hatte, war fast vollständig verschwunden. Der Garten bot einen schönen Anblick. Michael hätte er gefallen. Sehr sogar.

»Das sieht schön aus«, sagte Nikos Stimme hinter ihr leise.

Sie drehte sich zu ihm um. »Ja«, bestätigte sie. »Das tut es.« Sie wollte ihm in die Augen sehen, aber er wich ihrem Blick aus. »Bist du mir noch böse?«

Er schüttelte stumm den Kopf.

»Ich habe es dir schon einmal gesagt, Niko: Wenn sie über dich lacht, weil du sie gern hast, ist sie dumm. Dann sei froh, dass das mit euch nichts geworden ist. Und wenn sie Marco lieber hat als dich, dann wirst du das so hinnehmen müssen. Liebe lässt sich nicht erzwingen. Das ist hart, aber so ist es nun einmal.«

Er senkte den Kopf, die Lippen fest aufeinander gepresst.

»Vielleicht ist sie gar nicht seine Freundin«, sagte Eva.

»Du hättest mal sehen sollen, wie sie ihn angestrahlt hat.« Seine Stimme zitterte.

»Das heißt noch nicht, dass sie in ihn verliebt ist. Oder haben sie Händchen gehalten? Sich geküsst? Sich ganz eindeutig wie Verliebte verhalten?«

»Nein, aber …«

»Warte es ab, Niko! Nach allem, was du von Emma erzählt hast, ist sie ein sehr nettes Mädchen. Ich bin sicher, du wirst von ihr hören – so oder so.«

Er erwiderte nichts mehr, nickte nur stumm und ging zurück ins Haus. Sie folgte ihm.

»Soll ich einkaufen?«, fragte er. Seine Stimme klang fast wieder normal.

»Ja, wenn du willst. Wir brauchen nicht mehr viel, heute wird ja nicht groß gekocht.« Sie lächelte ihm aufmunternd zu. »Die Gans gibt's erst morgen, ich muss sie nur noch füllen und morgen früh in den Ofen stellen.«

»Und was essen wir heute?«

»Würstchen mit Kartoffelsalat, habe ich alles bestellt. Der Zettel mit dem, was noch fehlt, liegt vorne auf dem Schrank.«

»Gut, dann gehe ich gleich los. Ich habe keinen Hunger im Augenblick.«

»Ja, das kenne ich«, sagte sie ruhig.

Ihre Blicke trafen sich. Sie hob die Hand und wuschelte ihm liebevoll durch die Haare. »Bis nachher, Niko.«

Julia war längst wach, als sie Marie das Zimmer verlassen hörte. Sie hatte bereits nach dem Nachbarn Ausschau gehalten, der wieder einmal als Erster in der Straße den Schnee vor seinem Haus räumte. Anschließend war er in seinem Schuppen verschwunden. Sie ließ die Schuppentür ziemlich lange nicht aus den Augen, aber der Mann tauchte nicht wieder auf. Es wurde Zeit, dass sie herausfand, was er dort immer trieb. Ein normaler Mensch hielt sich nicht so lange in einem Schuppen auf, vor allem nicht im Winter. Es musste eiskalt da drinnen sein.

Sie war nicht mehr müde, aber sie hatte auch noch keine Lust aufzustehen. Heiligabend war ein Tag, der nahezu endlos war. Hauptsächlich war man mit Warten beschäftigt.

Sie dachte an Marie, die auf der anderen Seite des Flurs im Bett ihrer Eltern lag. Ohne lange zu überlegen, richtete sie sich auf, kletterte die Leiter hinunter und folgte ihrer kleinen Schwester zum ersten Mal.

Marie lag da, wo Papa früher geschlafen hatte. Julia schob den Plüschlöwen ein wenig beiseite und schlüpfte zu ihr unter die Decke. Marie rührte sich nicht, auch nicht, als Julia beide Arme um sie legte. Sie waren einander selten so nahe. Julia war nicht sicher, ob sie Marie gern hatte oder nicht. Konnte man eine Schwester gern haben, um die sich alle viel mehr kümmerten – weil sie noch so klein war und weil sie nicht mehr sprach?

Jetzt, in diesem Augenblick, so nahe bei ihrem Papa wie schon lange nicht mehr, vergaß Julia ihre Eifersucht und alle hässlichen Gedanken, die sie jemals gehabt hatte.

Sie hatte Marie gern. Und Marie hatte sie auch gern, denn sie drehte sich nach einer Weile um und kuschelte sich in Julias Arme.

Als Niko später zurückkam, brachte er einen Schwall kalter Luft herein; sein Gesicht war rot vor Kälte. Er hauchte seine Finger an, als er die Tüten abgestellt hatte. »Mir sind fast die Hände abgefroren.«

»Warum hast du keine Handschuhe angezogen?«, fragte Paul, der mit Julia und Marie noch beim Frühstück saß.

»Warum wohl? Weil ich sie vergessen hatte, du Klugscheißer!«

Julia kicherte.

Eva kam aus dem Wohnzimmer und sagte: »Danke fürs Einkaufen, Niko.«

Sie leerten die Tüten und räumten den Inhalt in Kühlschrank und Vorratskammer.

»Können wir jetzt meine Fensterbilder aufhängen, Mama?«, fragte Julia.

»Ja, aber dann bitte gleich. Ich möchte den Baum bald schmücken, Julchen.«

Julia rutschte von ihrem Stuhl und breitete ihre Werke

vor Eva aus. Niko aß nun doch ein Brot, allerdings nur im Stehen, Paul verdrückte sich nach oben. Einzig Marie blieb ruhig am Tisch sitzen, den Plüschlöwen auf dem Schoß.

»Die sind alle sehr schön«, fand Eva. »Wo wollen wir sie denn aufhängen?«

»Hier in der Küche. Dann kann man sie sehen, wenn man nach Hause kommt.«

»Wollt ihr keine davon oben in eurem Zimmer haben?« Eva warf bei dieser Frage einen Blick zu Marie hinüber, doch die Kleine war dem Gespräch offenbar nicht gefolgt. Ganz in Gedanken versunken saß sie am Tisch, ohne auf ihre Umgebung zu achten. Geistesabwesend streichelte sie den Löwen.

»Mariechen?«, fragte Eva. »Was meinst du?«

Marie blickte auf, gab jedoch mit einem Schulterzucken zu erkennen, dass sie sich nicht äußern wollte.

»Sie sollen alle hier unten aufgehängt werden!«, verlangte Julia. »Alle in der Küche.«

»Gut«, sagte Eva zustimmend. »Dann müssen wir nur noch die Stellen dafür aussuchen.«

Niko half ihnen dabei, die Engel, die Wolken und den Weihnachtsmann zu einem hübschen Gesamtbild zusammenzustellen. Als die Bilder schließlich am Fenster klebten, strahlte Julia.

»Das sieht sehr schön aus!«, lobte Eva.

Marie nickte zustimmend. Dann stand sie auf und verließ die Küche leise und unauffällig – wie immer in den letzten Monaten.

SIEBTES KAPITEL

★

Es war ruhig geworden im Haus, und auch draußen kam das Leben allmählich zum Stillstand. Die Läden schlossen, die Menschen zogen sich in ihre Wohnungen zurück. Kein Tag im Jahr ließ sich mit diesem vergleichen: Er konnte wundervoll sein, wenn man glücklich war. Aber den Unglücklichen stieß er ein Messer ins Herz.

Eva trat zwei Schritte zurück. Noch war sie nicht zufrieden mit ihrem Werk. Der Baum sah edel aus in seinem roten Schmuck, aber etwas fehlte noch – natürlich, die Spitze! Vorsichtig nahm sie die Prager Kostbarkeit aus dem weichen Papier, in dem sie das ganze Jahr über ruhte, bis sie für kurze Zeit ihren weihnachtlichen Glanz entfalten durfte. Eva hielt sie in die Höhe, bewunderte einmal mehr ihre filigrane Schönheit.

Des alten Mannes hatten sie gestern auf dem Boden schon gedacht.

»Danke«, murmelte Eva trotzdem.

Wie sie es schon erwartet hatte, wurden ihre Augen nass, als sie sich an all das erinnerte, was die Spitze ihr und Michael bedeutet hatte. Und daran, dass der Mann damals in Prag, als Michael seinen Laden betreten hatte, in der gleichen Situation gewesen war wie sie jetzt. Nur hatte seine Frau ihr Leben schon gelebt, sie war als alte Frau gestorben.

Michael dagegen …

Eva hörte Julia oben reden und schob ihre Gedanken beiseite. Vorsichtig legte sie die Christbaumspitze auf den Tisch zurück und suchte nach einem Taschentuch. Paul kam ihr in den Sinn, der sich nach Lachen sehnte und danach, etwas Lustiges zu erleben. Sie konnte ihn nur zu gut verstehen. Er war erst elf – was erwartete sie denn von einem Jungen seines Alters? Sie hätte selbst gern wieder einmal von Herzen gelacht.

Auf dem Boden blinkte etwas Rotes. Hatte die Spitze etwa einen Stein verloren? Eva bückte sich, um nachzusehen, streifte dabei mit einem Zipfel ihres weiten Flanellhemds die Christbaumspitze und fegte sie auf die Holzdielen, wo sie mit einem trockenen Knistern zerbarst.

Eva erstarrte mitten in der Bewegung. Sie sah den rot gesprenkelten Fußboden, entdeckte, dass die Spitze nicht länger auf dem Tisch lag, aber sie schaffte es nicht, das eine mit dem anderen in Verbindung zu bringen. Lange stand sie da, unfähig, sich zu rühren, unfähig auch, klar zu denken. Das war ein Traum. Einfach nur ein böser Traum! Sie schloss die Augen, öffnete sie wieder. Noch immer war der Fußboden rot.

Als sie endlich begriff, dass sie etwas zerstört hatte, das ihr zu den liebsten Stücken im ganzen Haus zählte, weil es zum Sinnbild für ihre und Michaels Liebe geworden war, sank sie vor den roten Splittern auf die Knie und schlug die Hände vors Gesicht.

Sie weinte, sie schrie, sie schluchzte so verzweifelt, dass sie die Kinder vor der Tür zunächst nicht hörte. »Mama?« Endlich drang Nikos Stimme an ihr Ohr. »Mama, mach auf! Was ist denn passiert? Mama!«

Eva konnte nicht aufstehen, der ganze Körper war wie gelähmt. Sie kniete vor den hauchfeinen roten Sprenkeln, die einmal ihre geliebte Christbaumspitze gewesen waren. Sie hatte das großherzige Geschenk eines alten Mannes nicht, wie versprochen, in Ehren gehalten, sondern es zerstört. Und damit eine weitere greifbare Erinnerung an ihren Mann verloren.

Die Stimmen ihrer Kinder wurden immer flehender und ängstlicher. Schließlich schaffte Eva es, sich zu erheben und die Tür aufzuschließen. Alle vier drängten herein, blass und verstört zwischen ihr, dem Baum und dem Fußboden hin und her blickend.

»Die Christbaumspitze?«, rief Julia mit großen Augen.

Eva nickte, noch immer weinte sie. »Das werde ich mir nie verzeihen. Ich habe nicht aufgepasst. Sie lag auf dem Tisch, und dann …« Sie zeigte ihnen die verhängnisvolle Bewegung ihres Hemds.

Während Niko, Paul und Julia versuchten, sie zu trösten, verschwand Marie und kehrte gleich darauf mit einem Holzkästchen zurück, das ihr Vater einmal für sie geschreinert hatte.

»Was willst du denn damit, Marie?«, fragte Paul.

Die Kleine machte sich daran, die roten Splitter und Steine behutsam vom Boden aufzulesen und in das Kästchen zu legen.

»Willst du sie darin aufbewahren?«, fragte Eva.

Marie nickte ernst. Ihre Idee war so rührend. Eva drückte Marie einen Kuss auf die blonden Locken.

Alle halfen nun beim Einsammeln, bis jedes rote Teilchen vom Fußboden in das Kästchen gewandert war. Marie verschloss es sorgfältig und wollte es danach nicht wieder hergeben.

»Und was jetzt?«, fragte Niko unsicher.

Noch nie hatten die Kinder den geschmückten Baum vor der Bescherung gesehen, aber was spielte das noch für eine Rolle? Es war ja ohnehin nichts mehr so wie früher.

»Ich weiß es nicht«, antwortete Eva leise. »Lasst uns in die Küche gehen, ja?«

Sie waren einverstanden, offenbar froh, den Ort des Unglücks verlassen zu können.

Eine Weile saßen sie mit bekümmerten Gesichtern um den Küchentisch, ohne recht zu wissen, was sie sagen oder tun sollten, um ihre Mutter zu trösten.

Schließlich fragte Eva: »Habt ihr Hunger?«

»Und wie!«, antwortete Paul inbrünstig.

Die anderen nickten wie erlöst. Sie deckten gemeinsam den Tisch, und bei Würstchen und Kartoffelsalat hob sich die Stimmung wieder ein wenig.

»Schmeckt gut«, sagte Paul und warf einen unsicheren Blick zu Eva hinüber, bevor er sich weiter vorwagte. »Klasse sogar.«

Draußen schneite es wieder.

Eva legte das letzte Geschenk unter den Baum. Eine Stunde noch, dann würde sie die Kerzen anzünden. Für die Bescherung musste es dunkel sein, das war Familiengesetz. Früher hatten vor allem Julia und Paul immer gedrängt: »Jetzt ist es doch schon ganz dunkel! Man kann gar nichts mehr sehen ohne Licht«, aber auch sie waren im Laufe der Jahre geduldiger geworden. Freilich nicht so geduldig wie Niko und Marie.

Julia und Paul tobten im Garten, wo sie den Schneemann und sein Kind wieder hergerichtet hatten, deren Umrisse durch den Neuschnee etwas unscharf geworden waren. Nun bauten sie ein weiteres Kind – oder vielleicht auch eine Frau für den Schneemann. Sie sah bereits jetzt sehr hübsch aus, die kleine Schneefamilie. Wie schön, dass Julia und Paul etwas zusammen unternahmen!

Eva räumte noch ein wenig auf, rückte das grüne Papier unter dem Baum zurecht, das den Holzboden vor dem Wachs tropfender Kerzen schützen sollte, und füllte wie jedes Jahr die Weihnachtsteller für die Kinder. Der süße Duft von Marzipan und Schokoladenprinten vermischte sich mit dem fruchtigen Aroma der Orangen, und für einen Moment wurde es Eva ganz leicht ums Herz. Nur die nackte Tannenspitze versetzte ihr einen heftigen Stich, aber sie ließ es nicht zu, dass ihre Augen länger darauf verweilten. Alles in allem wirkte das Wohnzimmer weihnachtlich und anheimelnd. Sie schloss die Tür von außen ab, froh, wieder ein Stückchen weitergekommen zu sein an diesem Tag.

»Niko? Marie?«

Nichts rührte sich. Eva stieg die Treppe hoch, klopfte an das Zimmer der Jungen und trat ein. Niko lag auf seinem Bett, mit Kopfhörern auf den Ohren. Er sah so traurig aus, dass sie den eigenen Kummer vorübergehend vergaß. Als er seine Mutter bemerkte, richtete er sich auf und nahm die Kopfhörer ab. Sie hörte, bevor er verlegen auf die Stopptaste drückte, dass er sich von Musik trösten ließ, die sie in seinem Alter auch schon gehört hatte: traurige Balladen über unerfüllte Liebe und Sehnsucht.

»Bist du fertig?«, fragte er.

Sie nickte. »Julia und Paul sind draußen, sie bauen noch ein Schneekind oder eine Schneefrau. Ich wollte nur mal nach dir und Marie sehen. Wo ist sie eigentlich?«

»Keine Ahnung, ich liege schon lange hier und höre Musik. Sie war doch in der Küche.«

»Da ist sie nicht mehr. Hast du noch keine Nachricht von Emma?«

»Nein.«

Sein verschlossenes Gesicht hinderte sie daran, weitere Fragen zu stellen. »Bis später«, sagte sie leise und ließ ihn wieder allein.

Im Zimmer der Mädchen war Marie nicht. Da Eva sie im Haus nirgends finden konnte, ging sie in den Garten, um Julia und Paul nach ihrer Schwester zu fragen.

»Sie läuft hier irgendwo herum«, antwortete Julia. »Nicht, Paul?«

Paul nickte. »Wir bauen noch ein Schneekind, Mama.«

»Ich sehe es. Ich wusste nicht, ob es noch ein Kind werden soll oder vielleicht eine Frau für den Schneemann.«

»Die machen wir morgen!«, sagte Julia. »Jetzt wird es langsam zu kalt.«

»Schön, dann werde ich wohl noch ein paar alte Töpfe suchen müssen.«

Da die beiden Kinder ihr weiter keine Beachtung schenkten, lief Eva nach vorn auf die Straße. Von Marie auch dort keine Spur.

Sie kehrte ins Haus zurück. Maries Verschwinden beunruhigte sie. Es sah der Kleinen nicht ähnlich, einfach davonzulaufen. Sie meldete sich immer ab, selbst wenn sie nur in den Garten wollte, um ein wenig zu schaukeln oder Vögel zu beobachten – ein Interesse, das sie mit Paul verband, der sie manchmal sogar durch sein Fernrohr sehen ließ. Manchmal machte sie auch einen Spaziergang die Straße entlang, aber sie entfernte sich nie weit vom Haus. Wo konnte sie nur stecken?

Eva rief bei Lisas Mutter an, doch Marie war seit dem vergangenen Tag nicht mehr bei ihrer Freundin gewesen.

Eine Viertelstunde später war die Kleine noch immer nicht aufgetaucht. Nachdem sie noch einmal durchs ganze Haus gelaufen war, in jedes Zimmer geschaut und Maries Namen gerufen hatte, rannte Eva alle zwei Minuten vor die Haustür, um nach ihr Ausschau zu halten, von Mal zu Mal stärker beunruhigt. Vergeblich. Das Mädchen war nirgendwo zu entdecken.

Niko hörte noch immer traurige Liebeslieder. Eva ließ ihn in Ruhe, er wusste ja sowieso nicht, wo Marie steckte. Paul und Julia waren inzwischen im Haus, wo sie sich sofort zu langweilen anfingen. Deshalb kamen sie auf die Idee, den kleinen Fernseher in der Küche einzuschalten. Sie fanden einen Trickfilm, auf den sie sich ausnahmsweise einmal einigen konnten.

Eva kämpfte gegen ihre wachsende Panik an. Vor allem wollte sie die Kinder nicht erneut in Angst und Schrecken versetzen. Alles würde sich bestimmt als ganz harmlos erweisen. »Das kann doch nicht sein, dass Marie so lange unterwegs ist – das macht sie sonst nie!«, sagte sie mehr zu sich selbst. »Ich werde sie suchen gehen.« Sie hatte sich davon überzeugt, dass Marie tatsächlich draußen sein musste, denn ihre warme Jacke und die Stiefel fehlten.

»Sie kommt bestimmt gleich, Mama«, sagte Julia, ohne den Fernsehschirm aus den Augen zu lassen.

Eva zog ihren Mantel an und verließ das Haus. Sie lief die ganze Straße entlang – aber nirgends eine Spur von Marie! Kaum jemand war unterwegs. Vereinzelt wirbelten noch Schneeflocken durch die Luft. Nicht mehr lange, und es würde dunkel sein. Wo konnte Marie bloß stecken?

Ein älteres Paar kam Eva entgegen. Sie fragte, ob sie ein kleines Mädchen gesehen hätten, fünf Jahre alt, blonde Haare, bekleidet mit einer wattierten roten Jacke. Ihre Stimme zitterte leicht, die Angst ließ sich nicht länger unterdrücken. Marie sprach ja nicht mehr – wie also würde sie sich verständlich machen, falls sie Hilfe brauchen sollte? Der Gedanke allein schnürte Eva die Kehle zu.

Nein, sagte die Dame bedauernd, ihnen sei kein kleines Mädchen begegnet. Ihr Mann bestätigte das und setzte hinzu: »Machen Sie sich keine Sorgen, am Heiligen Abend läuft kein Kind weg. Die Kleine ist bestimmt ganz in der Nähe und vertreibt sich nur das lange Warten auf die Bescherung.«

Seine Worte waren als Trost gemeint, aber sie bewirkten das Gegenteil und weckten in Eva nur weitere Ängste. War es möglich, dass Marie »weggelaufen« war? Weggelaufen vor diesem Weihnachtsfest, vor dem sie sich alle fürchteten?

Eva machte kehrt, erreichte die Brücke über dem Kanal, die Allee, das Seeufer. Sie schlug den Weg ein, auf dem sie morgens noch gejoggt war, und rief immer wieder: »Marie? Mariechen!« Ihre Stimme klang dünn und hohl.

Die einzige Reaktion war das Geschnatter von ein paar Reiherenten, die aufgestört davonflogen. Der Weg war nicht mehr so unberührt, wie er noch am Morgen gewesen war, im Laufe des Tages hatten offenbar viele Spaziergänger die Zeit für eine Runde um den See gefunden. Der Schnee war festgetreten, obwohl es zwischendurch immer wieder geschneit hatte.

Noch einmal rief Eva, lauter dieses Mal, aber sie wusste schon vorher, dass sie keine Antwort erhalten würde. Sie blieb stehen und dachte nach. Es war unsinnig, um den See herumzulaufen. Marie liebte den See, aber sie erinnerte sich, dass sie die Kleine erst kürzlich ermahnt hatte, nicht allein dorthin zu gehen. Marie war ein gehorsames Kind, das unterschied sie von Julia und Paul, die meistens genau das interessant fanden, was ihnen verboten war. Aber nicht Marie.

Nach einem letzten Blick über die Wasserfläche drehte Eva sich um und ging zurück. Marie könnte doch auch im Haus sein, obwohl sie ihre Jacke und die Stiefel trägt, redete Eva sich zu. Julia und Paul haben sie draußen beobachtet, aber irgendwann ist sie sicher zurück ins Warme gegangen, es ist ja bitter kalt. Vielleicht hat sie sich auf dem Dachboden versteckt. Dort kann man eine dicke Jacke gut gebrauchen.

Natürlich, der Dachboden! Da hatte sie vorhin gar nicht nachgesehen. Gut möglich, dass Marie ihre Rufe oben nicht gehört hatte. Eva rannte immer schneller in der Gewissheit, dass sie Marie auf dem Boden finden würde. Erst gestern hatten sie den Baumschmuck ausgesucht, und sie hatte den Mädchen die Geschichte von der Christbaumspitze erzählt, die jetzt als rotes Splitterhäufchen in Maries Holzkästchen lag. Sie erinnerte sich daran, wie behutsam die Kleine die Scherben eingesammelt hatte. Auf dem Boden gestern war die Spitze noch ganz gewesen, vielleicht war Marie deshalb hinaufgegangen.

Eva schloss die Haustür auf, warf nur einen Blick in die Küche, wo Julia und Paul in der gleichen Haltung wie zuvor auf den Bildschirm starrten. Von Niko keine Spur, er war also wohl immer noch oben und hörte Liebeslieder. Ohne die nassen Stiefel und die Jacke auszuziehen, stürmte Eva die Treppe hinauf, rannte den Flur entlang zur Dachbodentür und fand sie verschlossen, der Schlüssel steckte. Ihre Schultern sackten herab. So sicher war sie gewesen – so sicher! Und nun diese Enttäuschung. Alle Kraft verließ sie.

Marie war verschwunden.

Draußen war es mittlerweile stockdunkel. Sie saßen in der Küche und warteten. Eva war bei der Polizei gewesen, nachdem sie mit Julia, Paul und Niko das ganze Haus, den Garten, die Straße noch einmal gründlich abgesucht hatte. Sie waren an jedem Ort in der Umgebung gewesen, wo Marie eventuell hätte sein können, hatten in der gesamten Nachbarschaft gefragt, außer im Haus nebenan, in dem kein Licht gebrannt hatte. Der Mann war auf ihr Klingeln hin nicht an die Tür gekommen. Alle anderen hatten lebhaften Anteil genommen, aber niemand hatte das Kind gesehen.

Es gab keine Spur von Marie, die Kleine blieb verschwunden.

Die Polizisten waren sehr freundlich gewesen, hatten Eva viele Fragen gestellt und um ein Foto gebeten. »Wir schicken eine Streife los, Frau Roth. Ein fünfjähriges Mädchen kann bei dem Wetter nicht allzu weit gekommen sein.« Besorgt hatten sie allerdings reagiert, als ein jüngerer Beamter äußerte, das Kind könne zum See gelaufen sein und sich auf die dünne Eisschicht gewagt haben. Eva hatte zwar versichert, das halte sie für ausgeschlossen, aber die Gesichter der Beamten verrieten Skepsis.

Und natürlich hatte es ihr Schwierigkeiten bereitet zu erklären, dass Marie nicht sprach. Ebenfalls erstaunt waren die Polizisten darüber gewesen, dass Eva nicht präzise auf die Frage hatte antworten können, wie lange sie ihre Tochter überhaupt schon vermisste. Anderthalb Stunden, vielleicht länger.

Wie sollte sie diesen freundlichen fremden Männern begreiflich machen, warum man Marie nicht schnell vermisste? Sie war auch vorher schon ein stilles Kind gewesen, aber seit sie nicht mehr sprach, merkte man oft gar nicht, dass sie in der Nähe war, sie gab ja kaum noch einen Laut von sich. Es war leicht, ihre Anwesenheit zu vergessen, und noch leichter konnte einem ihre Abwesenheit entgehen, zumindest eine Zeit lang.

Eva hatte sich lange im Weihnachtszimmer aufgehalten und die Kinder sich selbst überlassen, während sie alles für die Bescherung herrichtete. Marie hatte zunächst in der Küche gemalt, war aber schon bald zu Julia und Paul hinausgelaufen. Eine Weile war sie in der Nähe ihrer Geschwister geblieben, hatte ihnen sogar ein bisschen bei dem Schneekind geholfen, war dann aber gegangen. Paul war in dem Glauben gewesen, sie sei ins Haus zurückgekehrt. Julia vermutete dagegen, Marie sei nach vorn zur Straße gelaufen.

Seitdem war sie verschwunden.

Es war sehr still. Der Kühlschrank schnurrte leise, ab und zu scharrten Pauls Füße über den Holzboden, sonst war nichts zu hören. Es war eine lastende Stille, voller bedrückender Gedanken, Selbstvorwürfe und verzweifelter stummer Bitten an eine höhere Macht, Marie bald und unversehrt zurückzubringen.

»Können wir nicht noch etwas tun?«, fragte Niko. »Dieses Warten macht einen ja völlig verrückt.«

»Ich weiß nicht, wo wir noch suchen sollen«, antwortete Eva.

»Könnte sie vielleicht...« Niko verstummte. Die Vorstellung war schrecklich, es war sicher besser, den Mund zu halten.

»Was denn?«

»Ach, nichts.« Aber der Gedanke hatte sich bereits in seinem Kopf festgesetzt: Konnte jemand Marie mitgenommen haben? Das würde zumindest erklären, warum die Suche erfolglos geblieben war. Oder sie war gestürzt und hatte sich so verletzt, dass sie nicht allein aufstehen konnte. Dann lag sie jetzt hilflos in der Kälte, darauf angewiesen, dass sie gefunden wurde, bevor sie erfror. Aber wie sollte man sie ausgerechnet an diesem Abend finden, an dem die Straßen so leer waren wie sonst nie, sodass sie vermutlich niemand gesehen hatte? Mit heiserer Stimme setzte er hinzu: »Marie läuft nicht weg. Ich verstehe das nicht.«

»Ich auch nicht.« Eva war weiß wie die Wand, ihre Gedanken drehten sich im Kreis.

»Sollen Niko und ich noch einmal losgehen und sie suchen?«, fragte Paul. »Vielleicht hat sie sich verirrt, und jetzt ist doch keiner mehr auf der Straße, den sie nach dem Weg fragen kann.« Er stockte. »Ich meine, sie würde ja vielleicht fragen wollen, wenn sie sich verirrt hätte. Sie... sie kann doch noch sprechen, oder?«

Seine letzte Frage blieb unbeantwortet. Eva erwiderte nur: »Die Polizisten haben gesagt, sie schicken einen Suchtrupp los, wir sollen lieber zu Hause bleiben, falls Marie doch noch von selbst zurückkommt.«

»Aber es reicht doch, wenn ihr hier seid«, sagte Paul. »Julia und du.«

»Paul hat Recht«, sagte Niko. »Wir brauchen nicht alle hier rumzusitzen und zu warten. Und wir wissen eher, wo Marie sein könnte, als die Polizisten. Wir kennen sie.«

Eva konnte ihm nicht widersprechen, gab ihre Einwilligung jedoch nur zögernd. »Dann nehmt aber das Handy mit, damit ich euch jederzeit erreichen kann.«

»Klar, Mama.«

»Und bleibt nicht so lange weg, damit ich nicht auch noch um euch Angst haben muss.«

»Ich bleibe doch bei dir, Mama!«, erklärte Julia.

Eva zog sie an sich und unterdrückte ein Schluchzen. »Ja, zum Glück. Ich will auf keinen Fall ganz allein hier warten. Es ist... auch so schon schlimm genug.«

Eingepackt in Jacken, Mützen und Schals, verließen die Jungen das Haus. Eva und Julia sahen ihnen von der Haustür aus nach.

Beim Nachbarn war noch immer alles dunkel. Flüchtig fragte sich Eva, wo er den Heiligen Abend wohl verbrachte. Aus den Fenstern der anderen Häuser drang warmes Licht nach draußen und färbte den Schnee golden. Die Kerzen an den Weihnachtsbäumen brannten. Bescherung.

Sie kehrte mit Julia in die Küche zurück. Ihr fiel wieder ein, dass ihre ältere Tochter prophezeit hatte, etwas Schreckliches werde zu Weihnachten geschehen. Zuerst war die Christbaumspitze zerbrochen, und nun war Marie verschwunden. Das war wahrhaftig genug des Schreckens.

Als das Telefon klingelte, sprangen sie beide auf. »Die Polizei!«, rief Julia, hastete zum Telefon und brachte Eva den Hörer.

Evas Stimme zitterte, als sie sich meldete.

»Wie geht es euch?«, fragte ihre Mutter.

»Danke, Mama.« Es dauerte nicht einmal eine Sekunde, bis Eva beschlossen hatte, ihrer Mutter nichts von Maries Verschwinden zu sagen. Wozu? Es hätte sie und ihren Vater nur aufgeregt, und helfen konnten sie nicht. »Wir wollen gerade mit der Bescherung anfangen«, log sie.

Julia machte große Augen.

»Jetzt erst? Ach, entschuldige, dann störe ich natürlich, ich dachte, das hättet ihr schon hinter euch. Die Kinder sind doch immer so ungeduldig, und es ist ja auch längst dunkel!«

»Ja, ich weiß, aber wir … wir waren vorher einfach noch nicht fertig. Ich rufe morgen an, Mama, ja? Ich will die Kinder nicht länger warten lassen. Aber sag mir noch schnell, wie es Papa geht.«

»Nicht schlechter seit heute Morgen, zum Glück. Aber, na ja, Heiligabend in der Klinik, das ist schon traurig.«

»Wir denken an euch.«

Eva schloss die Augen, als das Gespräch beendet war. Julia nahm den Hörer stumm entgegen. Mit noch immer geschlossenen Augen sagte Eva: »Ich hab es nicht übers Herz gebracht, es ihr zu erzählen, Julchen. Es hätte alles für sie noch schwerer gemacht. Sie kann ja schließlich nichts tun, um uns zu helfen. Es hätte sie nur unnötig aufgeregt – und Opa noch mehr.«

»Manchmal darf man lügen«, stellte Julia ganz ruhig fest.

Eva öffnete die Augen und betrachtete ihre Tochter aufmerksam, während sie sich deren Worte durch den Kopf gehen ließ. »Ja«, gestand sie schließlich zu. »Das stimmt wohl. Manchmal sind Lügen einfacher als die Wahrheit, und manchmal machen sie das Leben leichter.«

Julia nickte.

»Trotzdem werde ich Oma spätestens morgen die Wahrheit sagen. Wenn man zu lange damit wartet, muss man immer weiter lügen, dann kommt man da nie mehr heraus.«

Julia sah nachdenklich aus, wirkte aber nicht mehr ganz so angespannt wie zuvor.

Eva blickte auf die Uhr. »Hoffentlich kommen die Jungs bald wieder.«

»Und Marie«, sagte Julia.

»Ja, und Marie.« Eva stand unruhig auf und lief wieder einmal zum Fenster. Noch immer hatte sie die Hoffnung nicht aufgegeben, draußen plötzlich ein kleines Mädchen in einer roten Jacke zu entdecken, das ganz einfach die Zeit vergessen hatte. Aber je mehr Stunden verstrichen, desto kleiner wurde diese Hoffnung. Es war bitterkalt draußen, wenn Marie nicht irgendwo einen Unterschlupf gefunden hatte …

Sie verbot es sich, diesen Gedanken zu Ende zu denken.

»Meinst du, ihr ist was passiert?«, fragte Paul unsicher, während Niko und er durch die leeren Straßen liefen. »Ich meine … etwas Schreckliches?«

»Etwas muss passiert sein, sonst wäre sie nicht verschwunden«, antwortete Niko mit gepresster Stimme. »Hätte ich bloß zwischendrin mal nach ihr geguckt!«

»Sie war ja draußen bei uns, aber sie hatte keine richtige Lust zum Schneemannbauen. Das hat man gleich gemerkt. Deshalb ist sie wieder gegangen. Aber wir konnten doch nicht wissen, dass sie … Ich meine, sie ist noch nie einfach so weggelaufen.«

»Hoffentlich hat sie keiner mitgenommen.« Endlich sprach Niko den Gedanken aus, der ihn schon länger quälte.

»Mitgenommen?« Paul versagte fast die Stimme. »Du meinst …«

»Sei still!«, fuhr Niko ihn heftig an. »Ich will das gar nicht denken, aber sie ist jetzt schon so lange weg! Sie muss ja irgendwo sein.«

Paul war trotz der Kälte blass geworden. Er begann wieder nach Marie zu rufen. Es klang wie eine Beschwörung, als versuche er dadurch die dunklen Mächte zu vertreiben, von denen sein Bruder in Andeutungen gesprochen hatte.

Niko tat es ihm gleich. Niemand sonst war auf der Straße, die ganze Stadt wirkte wie ausgestorben. Ab und zu erhaschten sie einen Blick auf einen Baum mit brennenden Kerzen oder auf ein strahlendes Kindergesicht, hörten sie Weihnachtslieder durch geschlossene Fenster, aber sie kümmerten sich nicht darum.

Wieder und wieder riefen sie den Namen ihrer kleinen Schwester, ohne Antwort zu bekommen. Sie zitterten jetzt beide, gleichermaßen vor Angst wie vor Kälte.

»Vielleicht ist sie in der Zwischenzeit nach Hause gekommen«, meinte Paul mit einem plötzlichen Aufflackern von Hoffnung.

»Dann hätte Mama doch angerufen.«

»Ach so, ja.« Die Hoffnung sank in sich zusammen wie ein Häufchen Asche. »Wir finden sie nicht, Niko. Lass uns zurückgehen.«

»Noch nicht. Wir suchen noch das Ufer der Vechte ab, bis zur Hauptstraße. Vielleicht ist sie abgerutscht und kommt allein nicht mehr hoch ...«

Auch diese Vorstellung ließ Paul schaudern. Er widersprach seinem älteren Bruder nicht, sondern folgte ihm schweigend hinüber zum dunklen Fluss.

ACHTES KAPITEL

★

Eva hatte Niko und Paul angerufen. Die Jungen waren auf dem Heimweg. Sie hatten Marie nicht gefunden.

Julia öffnete die Haustür, um nach ihren Brüdern Ausschau zu halten. Eva folgte ihr und legte einen Arm um die schmalen Schultern ihrer Tochter. Sie rückten eng zusammen, um sich zu wärmen, denn die Kälte biss sich sofort durch die Kleidung, sodass sie unwillkürlich schauderten und einen Schritt zurücktraten.

Es war eine klare Nacht. Schnee, Mond und Sterne erfüllten die Dunkelheit mit einem milchigen, fast unwirklichen Licht. Eine solche Nacht war ein Geschenk. Man hätte sie wunderschön finden können, wenn das Herz frei von Trauer und Angst gewesen wäre. So jedoch machte diese Schönheit alles nur noch schlimmer.

»Wo bleiben Niko und Paul bloß so lange?«, murmelte Eva.

»Sie haben doch gesagt, sie kommen jetzt zurück, oder?«

»Ja. Ich wünschte, sie wären schon hier.«

»Ich auch«, sagte Julia leise.

Sie wollten sich gerade wieder in die Wärme flüchten, als ein Geräusch sie zusammenfahren ließ, das aus nächster Nähe zu kommen schien. Ein helles Klirren und Scheppern, gefolgt von einem dumpfen Knall.

»Was war das denn?«, fragte Julia furchtsam.

»Ich weiß es nicht.« Eva lauschte.

Das gleiche Geräusch zerriss die Stille der Nacht noch einmal, begleitet von einem anderen, das wie ein Knurren klang oder auch wie ein unterdrückter Schrei.

Julia begann zu zittern. »Lass uns reingehen, Mama, ich hab Angst. Das ist dieser … dieser Mann von nebenan.«

Sie hatte Recht, die Geräusche kamen vom Nachbargrundstück. Obwohl auch Eva voller Angst war, rührte sie sich nicht, etwas hielt sie auf der Türschwelle fest.

Schlag auf Schlag ging es jetzt. So hatte es bei ihrem Polterabend geklungen, als ihre Freunde altes Geschirr zerdeppert hatten. Aber damals hatte fröhliches Gelächter das Werk der Zerstörung begleitet, während es hier wütendes Schimpfen zu sein schien, das lauter und lauter wurde. Die Geräusche drangen aus dem Schuppen, eindeutig. Was tat der Mann dort? Er musste den Verstand verloren haben.

»Komm doch, Mama!« Julia versuchte Eva ins Haus zu ziehen, das Gesicht leichenblass, die Augen vor Schreck geweitet.

Eine Pause trat ein, Stille, furchtbarer noch als die Geräusche zuvor. Dann ein heller Schrei des Entsetzens, eine verzweifelte hohe Kinderstimme: »Das darfst du nicht tun, das darfst du nicht, das darfst du nicht!«

Die eisige Kälte drang durch die Kleidung bis in Evas Herz. Diese Stimme! Maries Stimme! Sie hatte sie seit fast einem Jahr nicht gehört. Ihre kleine Tochter war dort drüben, im Schuppen des Nachbarn. Was geschah dort? Was tat der Mann ihr an, dass sie plötzlich wieder sprach? Schon flog Eva die Stufen hinunter, stürzte durch das Gartentor auf die Straße, von dort auf das Nachbargrundstück, hin zum Schuppen, aus dem jetzt kein Geräusch mehr drang. Nicht das leiseste.

Marie, ich komme. Halte durch, gleich bin ich bei dir!

Sie riss die Tür auf und sah als Erstes den Mann: Sein Gesicht war gerötet, der Blick völlig entrückt, die Haare hingen ihm wirr in die Stirn. In der erhobenen Hand hielt er etwas, das sie nicht erkennen konnte.

Marie stand mehrere Meter von ihm entfernt, an einer Tür, die offenbar ins Haus führte. Sie musste neu sein, früher hatte es keine Verbindung zwischen Haus und Schuppen gegeben. Marie schien nichts zu fehlen. Klagend sagte sie: »Du hast alles kaputtgemacht!«

Der Arm des Nachbarn sank herab, er wandte sich dem Mädchen zu. »Marie!«, murmelte er. »Was machst du denn hier?« Als sei er gerade aus einem schlimmen Traum erwacht, blickte er sich um.

Der Boden war mit Scherben übersät.

All das nahm Eva innerhalb von Sekundenbruchteilen auf, wobei nur eins wirklich zählte: Marie. Ihre Marie.

Sie durchquerte den Schuppen und riss ihre Tochter an sich. »Mariechen! Wir haben dich überall gesucht…«

Marie aber sah noch immer zu dem Mann hinüber, der sich mit unsicheren Bewegungen das Haar ordnete. »Tut mir Leid, Marie«, flüsterte er mit leerem Blick. »Ich wusste nicht, dass du im Haus bist. Sie sind einfach weggefahren.«

Eva verstand nichts, sie wollte auch nichts verstehen. Sie wollte weg, nur weg von diesem Ort. Wollte nach Hause, wo sie in Ruhe mit Marie sprechen und sich überzeugen konnte, dass ihr wirklich nichts passiert war.

Sie richtete sich auf, nahm Maries Hand. Den Mann würdigte sie keines Blickes. »Komm jetzt«, sagte sie, bemüht, die Gefühle zu verbergen, die sie bewegten: die grenzenlose Erleichterung, Marie wiederzuhaben, aber auch die quälende Ungewissheit, ob wirklich alles so glimpflich abgegangen war, wie es aussah.

Doch Marie hatte es nicht so eilig wie ihre Mutter. Sie verhielt sich, als sei es selbstverständlich, dass sie in diesem Schuppen stand, mit einem Mann, der gerade eben gewütet hatte wie ein wilder Stier. Langsam bückte sie sich, hob etwas auf und steckte es in ihre Tasche. Sie nickte dem Nachbarn stumm zu und ließ sich endlich von ihrer Mutter fortziehen.

Draußen bückte sich Eva, nahm Marie auf den Arm und drückte sie an sich, während ihr Tränen über die Wangen liefen. »Du bist wieder da, Mariechen«, schluchzte sie und bedeckte Maries Wangen mit Küssen. »Du bist wieder da! Und du hast gesprochen.« Marie schmiegte sich stumm an sie.

Da kam Julia angerannt und umarmte sie beide.

»Es ist alles gut«, sagte Eva, ließ Marie vorsichtig aus den Armen gleiten und strich der zitternden Julia beruhigend über den Kopf. »Alles ist gut, Julchen. Marie ist wieder da.«

Julia brachte keinen Ton heraus. Sie starrte ihre kleine Schwester an wie einen Geist, bevor ihre Augen zum Schuppen irrten, dessen Tür noch immer offen stand. Ein schwacher Lichtschein fiel heraus, aber kein Laut war mehr zu hören.

Eva nahm ihre Töchter in die Arme.

Am Ende der Straße tauchten Niko und Paul auf. Beide

fingen an zu laufen, als sie die kleine Schwester sahen. »Da ist sie ja!«, rief Paul. »Wo war sie denn?« Fragend blickte er seine Mutter an.

Doch es war nicht Eva, die antwortete, es war Marie. »Ich war bei Martin«, sagte sie ernst und zeigte zum Schuppen.

Eva und die Kinder saßen in der Küche, aßen den restlichen Kartoffelsalat und belegte Brote, von denen Marie allein drei verdrückte. Das Weihnachtszimmer, der Baum, die Bescherung – alles war vergessen. Eva hatte die Polizei benachrichtigt, dass die Suche nach Marie abgebrochen werden konnte. Nun musste sie herausfinden, was passiert war. Doch Marie wollte nicht reden, sie schien in ihre alte Stummheit zurückgefallen zu sein.

»Marie«, sagte Eva schließlich verzweifelt, »wir müssen wissen, was heute Abend passiert ist! Du hast es doch gehört: Ich habe sogar die Polizei gerufen und dich als vermisst gemeldet. Du warst stundenlang weg, wir haben furchtbare Angst um dich gehabt. Du warst also nebenan bei diesem Mann, wo du offenbar schon öfter gewesen bist, ohne dass wir es geahnt haben. Warum? Was hattest du dort zu suchen? Wir kennen den Mann doch überhaupt nicht, aber du hast sogar mit ihm gesprochen!«

Endlich öffnete Marie den Mund. »Bloß heute«, sagte sie.

»Du hast heute zum ersten Mal mit ihm gesprochen?«, fragte Eva erstaunt.

Marie nickte. »Weil er alles kaputtgemacht hat.«

»Aber du warst schon öfter bei ihm.«

Wieder nickte die Kleine.

»Du hast also nicht mit ihm gesprochen, aber er mit dir?«

Ein weiteres Nicken.

»Er hat lauter Sachen zerschlagen«, sagte Julia. »Und geschrien hat er wie ein Verrückter. Hattest du denn keine Angst vor ihm?«

Marie schüttelte entschieden den Kopf. »Er ist doch mein Freund«, sagte sie ganz ruhig.

Eva wechselte ratlose Blicke mit Julia, Niko und Paul. »Und was war heute Abend mit ihm los?«, wollte sie wissen. »Er war ja völlig außer sich.« Den Gedanken, dass ihr neuer Nachbar Marie etwas angetan haben könnte, hatte sie fallen lassen, sobald sie wieder imstande gewesen war, ruhig nachzudenken. Trotz all der Aufregung war ihr nicht entgangen, dass zwischen beiden offensichtlich eine große Vertrautheit bestand. Marie war nichts geschehen. Er hatte seine Wut an Gegenständen ausgelassen.

»Er war traurig«, antwortete Marie.

»Man brüllt doch nicht so, wenn man traurig ist«, meinte Julia voller Skepsis. »Und man schmeißt nicht alles kaputt. Was waren das überhaupt für Sachen, die er da zerdeppert hat?«

»Du kennst ihn überhaupt nicht!«, sagte Marie finster zu ihrer älteren Schwester.

»Aber du hast geschrien, er soll das lassen, Marie«, stellte Eva fest. »Also wolltest du auch nicht, dass er alles zerschlägt. Warum bist du überhaupt zu ihm gegangen?«

»Ich wollte ihn was fragen«, sagte die Kleine so leise, dass sie kaum zu hören war. Mehr wollte sie offensichtlich nicht verraten.

»Hast du in dem Schuppen nicht gehört, wie wir nach dir gerufen haben?«, fragte Niko jetzt.

Marie schüttelte den Kopf. »Martin war nicht da«, erklärte sie. »Ich hab auf ihn gewartet.« Sie warf Niko einen kurzen Blick zu. »Im Haus.«

»Und dann?«

»Ich bin eingeschlafen. Von dem Krach bin ich wach geworden.«

»Wie bist du überhaupt in sein Haus gekommen?«

»Ich weiß, wo er den Schlüssel versteckt hat.«

»Mann!«, sagte Paul halb bewundernd, halb neidisch. »Das ist vielleicht ein Ding!«

»Und er hat dir auch wirklich nichts getan, Marie?«, vergewisserte sich Eva.

Marie lachte – das erste Mal seit einer halben Ewigkeit: »Ich bin doch seine Freundin, Mama!«

»Was für Sachen hat er denn eigentlich kaputtgemacht?«, fragte Paul. »Sein ganzes Geschirr – oder was?«

Alle blickten auf Marie, die die Zähne in die Unterlippe grub. Ihre Bereitschaft, Fragen zu beantworten, schien erschöpft zu sein. »Kann er heute Abend zu uns kommen, Mama?«, fragte sie nur.

»Was?«, platzte Julia heraus. »Bist du verrückt geworden? Heiligabend feiert man in der Familie und nicht mit wildfremden Menschen! Wir würden ja auch nirgendwo anders hingehen!«

Eva fing bei diesen Worten einen Blick von Paul auf. Für einen Moment wirkte er angespannt wie eine Feder, bevor er plötzlich über das ganze Gesicht grinste. Sie lächelte ihm zu.

»Und man feiert schon gar nicht mit Fremden«, fuhr Julia fort, »die so schreien, dass sie anderen Angst machen.«

»Er ist mein Freund«, widersprach Marie. »Und er ist ganz allein. Und traurig.«

»Marie«, sagte Eva behutsam, »du bist die Einzige, die ihn kennt, wir anderen wissen nichts von ihm.«

Marie spürte die Abwehr, und ihr Gesicht verschloss sich wieder.

Vielleicht war es das, was Eva zu ihrer eigenen Überraschung fragen ließ: »Also gut, was haltet ihr anderen davon?« Sie blickte zu Julia, Niko und Paul. »Soll ich hinübergehen und unseren Nachbarn fragen, ob er kommen will?«

Ihre älteren Kinder sahen sie fassungslos an, während Maries Gesicht voller Hoffnung aufleuchtete.

»Du würdest ihn wirklich einladen?«, fragte Niko zögernd. »Also, ich weiß nicht, Mama, er war doch bisher immer so komisch. Und was er da vorhin getan hat, war ja wohl auch nicht normal.«

»Marie sagt, er ist ihr Freund«, erwiderte Eva. »Und sie denkt offenbar, dass er Gründe für sein Verhalten gehabt hat.«

Niko sah zu Marie hinüber, deren Augen ihn anflehten. »Na gut«, sagte er. »Wenn es dir so wichtig ist, Marie. Ein normaler Heiligabend wird das sowieso nicht mehr.«

»Von mir aus kann er auch kommen«, sagte Paul und grinste Eva noch einmal an. »Ich seh das ganz locker. Wenn er wieder brüllt und was kaputt macht, rufen wir die Polizei.«

»Julia?«

»Aber ich will nicht neben ihm sitzen, wenn er kommt!«, verlangte Julia.

Eva seufzte. Ein verrückter Heiliger Abend war das! Aber da es Marie Freude machte, würde sie den Mann herüberbitten. Vermutlich würde der verschlossene Nachbar die Einladung sowieso nicht annehmen. Vielleicht schämte er sich ja für seinen Wutanfall. Sollte er aber doch kommen, dann ließe sich vielleicht herausfinden, was Marie und ihn verband und was hinter seinem befremdlichen Verhalten steckte.

»Gut«, sagte Eva schließlich, »dann gehe ich jetzt rüber, und ihr sammelt in der Zwischenzeit eure Geschenke zusammen. Es wird höchste Zeit für die Bescherung.«

»Und der Mann? Wie heißt er überhaupt?«, fragte Paul.

»Martin«, sagte Marie.

»Martin – und wie weiter? Wir können schließlich nicht Martin zu ihm sagen, Marie!«

Doch den Nachnamen des Nachbarn wusste die Kleine nicht.

»Für den haben wir dann gar kein Geschenk bei der Bescherung, das ist aber blöd«, bemerkte Paul.

»Wohl haben wir ein Geschenk«, widersprach Marie. »Ich habe ihm ein Bild gemalt.«

Für einen kurzen Moment ruhten vier nachdenkliche Augenpaare auf ihr.

Eva zog einen dicken Pullover über und schlüpfte in die Winterstiefel. Die Kinder polterten auf der Treppe nach oben.

»Mann!«, hörte sie Paul sagen. »So viel wie bei uns ist bei Bülent heute Abend garantiert nicht los, auch wenn sie jede Menge Besuch haben!«

Der Nachbar, den Marie ihren Freund nannte, erschien erst nach dem dritten Klingeln. Er ließ sich sehr viel Zeit, ganz so, als sei er sicher, dass es sich nur um einen Irrtum handeln könne. Er öffnete die Haustür zunächst lediglich einen winzigen Spalt, durch den er vorsichtig nach draußen spähte. Als er erkannte, wer davor stand, zog er sie jedoch sofort ganz auf. »Sie?«, fragte er mit unverhohlenem Erstaunen. Er schien sich beruhigt zu haben. Kein wirrer Blick, kein gerötetes Gesicht mehr.

»Ja, ich. Guten Abend. Marie wünscht sich, dass Sie zu uns herüberkommen. Bei uns ist der Zeitplan wegen Maries Verschwinden völlig durcheinander geraten. Aber wir werden jetzt den Baum anzünden, danach findet die Bescherung statt. Wir würden uns freuen, wenn Sie kämen.«

Er wollte sofort widersprechen, das war ihm anzusehen, unterließ es jedoch und strich sich fahrig die Haare zurück, während er ihrem Blick auswich. Es war die gleiche verlegene Geste, die sie schon im Schuppen beobachtet hatte.

»Sagen Sie einfach ja! Sie würden Marie eine große Freude machen.«

»Aber allen anderen doch wohl eher nicht«, stellte er fest, und zum ersten Mal sah sie ihn lächeln.

Er hatte Sinn für Humor – das war eine erstaunliche Entdeckung. Außerdem ähnelte er dem wütenden Mann, der erst kurz zuvor ein Werk der Zerstörung in seinem Schuppen angerichtet hatte, überhaupt nicht mehr. So aus der Nähe betrachtet hatte er sogar ein recht sympathisches Gesicht mit intelligenten grauen Augen. Seine buschigen blonden Augenbrauen waren über der Nase zusammengewachsen. War es das, was ihn von weitem so finster wirken ließ? Oder sein kurzer Bart? Ach nein, es war wohl eher sein verschlossenes Gesicht gewesen. Jetzt jedenfalls war sein Blick offen, er sah eher verletzlich als finster aus und schon gar nicht furchterregend.

»Es wird Zeit, dass wir uns kennen lernen«, erklärte Eva mit fester Stimme, ohne auf seine indirekte Frage einzugehen. »Wir sind seit zwei Monaten Nachbarn, und bisher kennen Sie offenbar nur Marie. Bitte kommen Sie doch herüber.« Sie überlegte kurz und streckte dann die Hand aus. »Ich bin Eva Roth.«

Er ergriff ihre Hand. »Martin Meisner«, sagte er und erwiderte ihren Händedruck. So standen sie zwei, drei Sekunden, bevor er ihre Hand losließ.

Sie trat einen Schritt zurück. »Werden Sie kommen?«

Langsam nickte er. »Ja«, sagte er. »Ich denke schon. Danke für die Einladung. In zehn Minuten?«

»Gut. Wir warten auf Sie.«

»Frau Roth?«

»Ja?«

»Hat Marie ihnen erzählt, was ich vorhin in meinem Schuppen zerschlagen habe?«

»Nein, weiß sie es denn?«

»O ja«, sagte er mit einem traurigen Lächeln. »Sie weiß nur nicht, warum ich so… außer mir war. Wäre sie früher aufgetaucht, hätte sie vielleicht noch einiges gerettet.«

Sie schlang die Arme um sich. Es war viel zu kalt, um im Pullover hier draußen zu stehen. »Werden Sie es ihr erzählen?«, fragte sie. Auch wenn sie gerne noch mehr erfahren hätte, verbot sie sich weitere Fragen, denn sie wollte nicht neugierig wirken.

»Sicher werde ich das. Wenn jemand ein Recht hat, es zu erfahren, dann Marie. Gehen Sie schon vor, Sie frieren ja. Ich komme gleich nach.«

Sie nickte und wandte sich ab. Auf der Straße bemerkte sie, dass er immer noch an der Tür stand und ihr nachsah. Sie hob die Hand zu einem kurzen Winken. Er winkte zurück.

Die Kinder waren noch immer im ersten Stock. Geheimnisvolles Getuschel klang von dort nach unten.

»Er kommt gleich!«, rief Eva. »Und sein Name ist Martin Meisner.« Sie ging ins Weihnachtszimmer, um die Kerzen anzuzünden. Dabei vermied sie es, nach oben zu sehen.

Aber auch wenn die rote Christbaumspitze aus Prag fehlte – die festlich geschmückte Tanne war dennoch wunderschön.

NEUNTES KAPITEL

★

»Wie schön«, sagte Martin Meisner leise und blieb an der Wohnzimmertür stehen.

Marie trat zu ihm und nahm seine Hand. »Komm!«, sagte sie und führte ihn ins Zimmer. Sie war ganz unbefangen und schien die Verlegenheit ihrer Geschwister nicht zu bemerken.

Eva stellte Martin Meisner den anderen vor. Paul begrüßte den Gast ganz locker, aber mit unverhohlener Neugier. Niko war höflich, hielt sich aber betont zurück; allein Julia wirkte abweisend und misstrauisch, sie schien noch immer nicht ganz überzeugt zu sein, dass ihre Vermutungen über den neuen Nachbarn falsch waren. Eva selbst bemühte sich, ihre Befangenheit zu verbergen.

Martin Meisner trug etwas unter dem Arm. »Das hast du bei mir vergessen, Marie«, sagte er und reichte es ihr.

Alle starrten es an: Es war das Holzkästchen, in dem die Splitter der Christbaumspitze lagen.

»Das hast du mit nach drüben genommen, Mariechen?«, fragte Eva, der das Herz plötzlich bis zum Halse schlug. »Warum?«

Marie antwortete nicht. Sie öffnete das Kästchen und zeigte ihrem großen Freund den Inhalt.

»Was ist das?«, fragte er.

Marie blieb stumm, und Eva kämpfte mit den Tränen.

»Das war unsere Christbaumspitze«, antwortete Niko schließlich. »Sie ist heute Morgen kaputtgegangen. Sie … sie war ein Geschenk für unsere Mutter. Von unserem Vater. Papa hat sie ihr zum ersten Weihnachtsfest aus Prag mitgebracht.«

Tiefe Stille herrschte nach diesen Worten.

»Oh«, sagte Martin Meisner endlich.

»Kannst du eine neue machen?«, fragte Marie erwartungsvoll.

»Daraus, meinst du?«

Die Kleine nickte ernsthaft.

Vorsichtig schüttelte er die roten Splitter und Steine. »Ich weiß nicht, Marie. Man könnte sie auf etwas kleben, aber das wäre wohl nur ein trauriger Anblick. Sie war bestimmt wunderschön, als sie noch ganz war.«

»Ja«, sagte Marie andächtig. »Sie hat immer so schön gefunkelt.«

»Wenn sie so schön war und wenn man dann etwas an ihre Stelle setzt, was einen ständig daran erinnert, ohne selbst wirklich schön zu sein …« Er schüttelte den Kopf. »Ich glaube, das wäre keine gute Idee. Es wäre bestimmt besser, eine neue zu kaufen. Eine, die ganz anders aussieht, verstehst du? Wenn etwas Vollkommenes zerbricht, dann kann man die Scherben aufbewahren, aber man sollte nicht versuchen, sie zu kitten …« Er brach plötzlich ab.

Ob ihm bewusst geworden war, dass es auch bei ihm an diesem Tag Scherben gegeben hatte, die nie wieder zu einem Ganzen zusammengefügt werden konnten?, fragte Eva sich.

Verlegen begegnete er ihrem Blick. Sie dankte ihm mit einem Lächeln für seine einfühlsamen Worte.

»Ich finde«, fuhr er fort, »dieses Holzkästchen ist ein schöner Aufbewahrungsort für das, was von der Spitze noch übrig ist, meinst du nicht? So ist sie immer noch da, wenn auch anders als zuvor.«

»Wie Papa«, sagte Marie leise.

»Ja«, erwiderte Martin Meisner sanft. »Er ist auch noch da, Marie. Niemand verschwindet endgültig, solange man ihn im Herzen trägt. Mit den Dingen ist es genauso. Solange du dich an die Christbaumspitze erinnerst, gibt es sie noch. Und wenn du ab und zu in das Kästchen schaust, wird dir wieder einfallen, wie schön sie einmal gewesen ist und wie viel Freude sie euch bereitet hat.«

Eva war nicht sicher, ob Marie seine Worte verstanden hatte, aber die Kleine nickte, schloss das Holzkästchen wieder und stellte es unter den Baum.

»Und jetzt die Bescherung!«, sagte Julia. Sie und Paul waren schon ganz zappelig vor lauter Ungeduld.

»Ja«, stimmte Eva zu. »Jetzt habt ihr wirklich lange genug gewartet.«

»Ich habe leider nur für Marie ein kleines Geschenk«, entschuldigte sich Martin Meisner. »Die Einladung kam zu überraschend.«

»Marie spricht wieder«, entgegnete Eva. »Das ist Ihr Geschenk an uns, Herr Meisner. Ein schöneres hätten Sie uns nicht machen können.«

Noch einmal richteten sich alle Augenpaare auf den Gast. Niko, Paul und Julia waren sichtlich erstaunt über diese Worte ihrer Mutter.

»Ich weiß nicht«, erwiderte Martin Meisner zweifelnd

und mit einem Anflug von Selbstironie. »Es wäre mir lieber gewesen, wenn es nicht ausgerechnet dieser Anlass gewesen wäre, der Marie wieder zum Sprechen gebracht hätte.«

»Schocktherapie«, murmelte Paul, und damit war die Spannung gelöst. Alle lachten. Und danach gab es kein Halten mehr: Die Kinder stürzten sich auf ihre Geschenke.

Auch Eva wandte sich ihren Päckchen zu. Marie hatte ihr ein Bild gemalt, das eine Familie mit Vater, Mutter und vier Kindern an einem See zeigte. Julia hatte ihr eine Geschichte über ein neunjähriges Mädchen geschrieben, das schon Verbrecher fängt. Überrascht schnupperte Eva an dem Badeöl, das Paul ihr selbst gemischt hatte: Es duftete nach Rosen, Michaels Lieblingsblumen. Und ihr Ältester hatte bei einem Freund eine CD mit ihren Lieblingsliedern für sie gebrannt. Sie fühlte sich reich beschenkt und bedankte sich gerührt.

Die Wünsche der Kinder waren in diesem Jahr sehr viel bescheidener ausgefallen als sonst, und deshalb hatte Eva versucht, sie alle zu erfüllen. Sie sah nur zufriedene Gesichter. Dass die vier auch an ihren Vater dachten, der zum ersten Mal Weihnachten nicht bei ihnen war, bemerkte sie, wenn Blicke in die Ferne schweiften oder ein Lächeln plötzlich verschwand. Die Kinder vermissten ihren Vater, so wie sie den geliebten Mann vermisste. Aber zum ersten Mal kam ihr der Schmerz erträglicher vor, nicht so schneidend wie sonst. Vielleicht würde sie eines Tages doch noch ihren Frieden finden und ihr Schicksal annehmen können.

»Super, Mami!« Julia bewunderte entzückt den neuen blauen Pullover. »Genau der, den ich mir gewünscht habe.«

»Natürlich. Dachtest du, ich habe nicht gemerkt, dass

du ihn mir jedes Mal gezeigt hast, wenn wir daran vorbeigekommen sind?«

»Und er passt prima zu den Ohrringen!«

»Ich weiß.« Eva lächelte.

Julia war selig, nicht nur über ihre Geschenke, sondern auch darüber, dass sich ihre Geschwister über die Sachen vom Weihnachtsmarkt freuten. Niko hatte seiner Schwester sogar den Gefallen getan, die Ohrenschützer aufzusetzen – bei dem Anblick waren alle in Gelächter ausgebrochen. Marie trug die kleinen Plüschdackel an den Füßen, und Paul hatte versprochen, für die schöne Muschel einen Ehrenplatz zu finden.

Die beiden Jungs waren so mit ihren Geschenken beschäftigt, dass sie nichts anderes mehr wahrzunehmen schienen. Niko blätterte aufmerksam in einem prächtigen Bildband über die Wunder der Erde. Paul hörte sich die CD mit den Vogelstimmen über den Kopfhörer an, den sein großer Bruder ihm geliehen hatte.

Marie saß neben Martin Meisner und zeigte ihm jedes ihrer Geschenke. Er bewunderte alles mit so viel Einfühlsamkeit, dass Eva sich fragte, ob er den Umgang mit Kindern gewöhnt war. »Was machen Sie beruflich?«, fragte sie.

»Ich bin Lehrer. Sieht man mir das etwa an?« Wieder dieser Anflug von Selbstironie, der ihn so sympathisch machte.

»Nein, nein! Ich war nur neugierig.« Sie hatte früher auch einmal Lehrerin werden wollen, aber als die Kinder kamen, hatte sie den Plan wieder aufgegeben. Vielleicht würde sie sich diesen Wunsch doch noch erfüllen, später, wenn die vier sie nicht mehr so brauchten wie jetzt.

Schließlich zauberte Martin Meisner ein tönernes Häschen aus der Tasche und überreichte es Marie mit einem Zwinkern. »Ich hätte dir auch ein richtiges geschenkt, aber ich habe mich nicht getraut.«

»Danke«, sagte Marie und presste das Häschen glücklich an sich.

»Ein richtiges?«, fragte Eva verwundert. »Möchtest du denn ein lebendiges Häschen haben, Marie?«

»Ja.« Marie nickte eifrig.

»Das habe ich mir gedacht.« Martin Meisner schmunzelte. Auf Evas fragenden Blick hin erklärte er: »Marie hat mir neulich einen Hasen gemalt. Außerdem habe ich sie einmal vor den Hasenställen hinten in Ihrem Garten stehen sehen.«

Eva staunte. Der Nachbar schien ihre Jüngste sehr gut zu kennen, obwohl sie ja offenbar auch mit ihm nicht gesprochen hatte. »Die Ställe stehen schon lange leer«, erklärte sie. »Erst wollten Niko und Paul unbedingt Tiere haben, und dann haben sie sich nicht um sie gekümmert. Da haben wir sie wieder abgeschafft.«

»Ich habe den Hasen ja heimlich machen müssen, sonst wäre es keine Überraschung geworden«, sagte Martin Meisner zu Marie. »Deshalb konnte ich dich auch nicht bitten, mir zu helfen.«

Wortlos schlang sie ihre Arme um seinen Hals und gab ihm einen schüchternen Kuss auf die Wange.

Diese Geste drückte so viel Vertrauen und Zuneigung aus, dass Eva aufstehen und zum Fenster gehen musste, wo sie eine Zeit lang blinzelte, bis sie die Tränen zurückgedrängt hatte.

»Es freut mich, dass dir der Hase gefällt, Marie!«, sagte Martin Meisner.

»Den haben Sie selbst gemacht?«, fragte Paul, der den Kopfhörer abgenommen und sich für kurze Zeit von seinen Vogelstimmen losgerissen hatte. »Darf ich mal sehen, Marie?«

Nur zögernd gab Marie das kleine Tontier aus der Hand.

»Klasse«, sagte Paul. »Wo haben Sie das gelernt?«

»Ich habe es mir selbst beigebracht und sehr, sehr viel geübt.«

Das hörte sich nach mühseliger Arbeit an. Paul setzte den Kopfhörer wieder auf.

Marie rutschte vom Sofa und lief aus dem Zimmer. Als sie zurückkam, hielt sie ein Blatt in der Hand. »Für dich«, erklärte sie und legte es Martin Meisner auf die Knie.

Er betrachtete es lange, ohne etwas zu sagen.

Irrte sie sich – oder glitzerten tatsächlich Tränen in seinen Augen? Eva wäre gern zu ihm gegangen, um Maries Bild zu betrachten, aber sie wollte sich nicht zwischen ihre kleine Tochter und diesen Mann drängen, der für sie ein Fremder, für Marie jedoch ein Freund war.

Paul, dessen Interesse von neuem geweckt war, hatte weniger Hemmungen als seine Mutter. Er stellte sich ungeniert neben seine kleine Schwester. »Was soll denn das sein, Marie?«, wollte er wissen. »Ein Mann mit zwei Kindern?«

Marie nickte mit ernstem Gesicht.

»Und das da drum herum? Was ist das?«

»Ein Zoo«, antwortete die Kleine und griff nach Martin Meisners Hand. Es war eine halb entschuldigende, halb tröstende Geste, die Eva nicht zu deuten wusste.

»Was denn für 'n Zoo?«, wollte Paul wissen.

Marie und der Mann neben ihr wechselten einen Blick, der auf Eva beinahe verschwörerisch wirkte. Ihre Jüngste wusste offenbar eine ganze Menge über den Nachbarn.

»Das ist eine längere Geschichte, Paul.« Martin Meisner seufzte. »Und noch dazu eine ziemlich traurige. Jedenfalls für mich. Sie hat mit dem zu tun, was heute Abend passiert ist. Bei mir drüben im Schuppen, meine ich.«

Nun waren auch Julia und Niko aufmerksam geworden. »Was für eine Geschichte?«, fragte Julia, trat näher und betrachtete nun ebenfalls Maries Bild.

Martin Meisner sah zu Eva hinüber, die noch immer am Fenster stand. »Soll ich das wirklich erzählen?«, fragte er. Seine Stimme klang ein wenig matt, aber nicht unbedingt abwehrend.

Julia nickte nachdrücklich, und Paul sagte: »Ja, klar.« Niko widersprach nicht. Marie hielt weiterhin die Hand ihres Freundes.

»Sie müssen nichts erzählen, wenn Sie nicht möchten«, sagte Eva schnell. »Lassen Sie sich durch die Neugier der Kinder nicht drängen, Herr Meisner.«

Er lächelte, spöttisch und wehmütig zugleich. »Sind Sie denn kein bisschen neugierig, Frau Roth? Wollen Sie nicht wissen, warum ich vorhin so die Beherrschung verloren habe?«

»Doch. Ich wüsste es wirklich gern. Aber nur, wenn Sie es auch erzählen wollen.«

»Das bin ich Ihnen wohl schuldig, nachdem Sie mich heute Abend eingeladen haben.«

Paul und Julia setzten sich vor das Sofa, Niko gesellte sich zu ihnen. Eva blieb am Fenster stehen.

»Der Mann auf Maries Bild bin ich«, begann Martin Meisner, »die Kinder daneben sind meine Zwillinge. Benny und Tina werden bald sieben Jahre alt. Ihre Mama und ich lassen uns gerade scheiden, wir verstehen uns nicht mehr. Deshalb bin ich hierher gezogen und wohne jetzt in dem Haus nebenan. Ich habe es gemietet, weil ich auch für die Zwillinge genügend Platz haben wollte.«

»Aber die waren noch nie da!«, wandte Julia ein. Ihrer Stimme war ein Rest ihres alten Misstrauens dem Nachbarn gegenüber anzuhören.

»Nein, das stimmt. Bisher noch nicht.«

Sein Gesicht sah jetzt so traurig aus, dass niemand etwas zu sagen wagte. Die brennenden Kerzen knisterten leise, sonst war kaum etwas zu hören. Marie kuschelte sich eng an ihren Freund, er legte ihr einen Arm um die Schultern.

»Zu Weihnachten haben sich Benny und Tina von mir einen getöpferten Zoo gewünscht. Sie wollten einen Elefanten, eine Giraffe, einen Löwen, ein Lama, einen Eisbären – eben alles, was zu einem richtigen Zoo gehört.«

»Können Sie das denn?«, fragte Paul ungläubig.

»Ja, Paul, das kann ich, ich gebe in meiner Schule auch Töpferkurse. In den letzten Wochen habe ich in meiner Freizeit praktisch immer an diesem Zoo gearbeitet. Meine Töpferwerkstatt ist im Schuppen.«

Eva warf einen raschen Blick zu Julia hinüber, die jedoch genau wie die anderen gebannt an Martin Meisners Lippen hing. Ob sie ihre Theorien über den verbrecherischen Nachbarn nun endgültig aufgegeben hatte?

»Im Schuppen hat mich eines Tages eure kleine Schwester entdeckt und mir von da an öfter beim Töpfern zugesehen.«

Er schaute auf Marie hinunter und drückte sie liebevoll an sich. »Es war sehr viel Arbeit, diesen Zoo zu machen, aber es hat mir Spaß gemacht, ich töpfere nämlich gern. Und ich freute mich schon auf die Freude meiner Kinder. Manchmal dachte ich, ich schaffe es nicht, aber schließlich bin ich doch noch rechtzeitig fertig geworden. Ich will mich nicht loben, aber es war ein schöner Zoo, glaube ich.«

»Der schönste Zoo der Welt«, erklärte Marie.

Er lächelte. »Marie war meine erste Kritikerin, ich habe sie oft gefragt, ob ihr ein Tier gefällt oder nicht. Ich musste drei Elefanten machen, bis sie endlich zufrieden war.«

Da also war sie gewesen, wenn sie einen ihrer ›Spaziergänge‹ machen wollte oder vielleicht auch, wenn Eva sie bei Lisa vermutet hatte: Sie hatte heimlich den Nachbarn besucht. Aber warum heimlich? Sie hätte es doch ruhig verraten können! Irgendwann, dachte Eva, werde ich sie danach fragen. Aber vielleicht kann sie mir gar keine Antwort darauf geben.

»Können wir den Zoo nicht mal sehen?«, fragte Julia. Ein wenig skeptisch klang sie immer noch.

Martin Meisner schüttelte den Kopf. Er fuhr fort, ohne auf Julias Frage einzugehen. »Meine Frau und ich hatten ausgemacht, dass ich mein Geschenk für die Kinder heute vorbeibringe, wir hatten sogar die genaue Uhrzeit vereinbart.« Er stockte, bevor er mit veränderter Stimme fortfuhr: »Aber als ich zum verabredeten Zeitpunkt dort ankam, war niemand da. Sie waren weggefahren, ohne mir Bescheid zu sagen. Sie feiern Weihnachten in diesem Jahr woanders, ich weiß nicht mal wo. Meine Frau hatte mir eine Nachricht an der Haustür hinterlassen. Das war alles.«

Er schwieg und sah ausdruckslos vor sich hin, bis Julia schließlich fragte: »Und der Zoo? Wo haben Sie den gelassen?«

Er wandte sich ihr zu, ein verlorenes Lächeln im Gesicht. »Du hast das Scheppern doch gehört, Julia. Die Tiere liegen in meinem Schuppen – in tausend Scherben.«

Die Kinder starrten ihn an, vollkommen fassungslos. Sie konnten nicht glauben, dass er das wirklich getan hatte. Auch Eva war zutiefst bestürzt. Nur Marie, die diesen Teil der Geschichte längst kannte, streichelte sanft Martin Meisners Hand.

»O Mann!«, stöhnte Paul. »Aber warum haben Sie die Tiere denn kaputtgemacht? Die konnten doch nichts dafür!«

»Nein, natürlich nicht, Paul. Aber ich war schrecklich enttäuscht und so wütend, dass ich nicht mehr richtig denken konnte. Bist du schon einmal so wütend gewesen?«

Der Junge warf einen raschen Blick zu seiner Mutter hinüber und nickte zögernd.

»Dann weißt du also, wie das ist. Am liebsten hätte ich die Haustür mit dem blöden Zettel eingetreten. So viel Arbeit hatte ich in diesen Zoo gesteckt, und dann war niemand da, dem ich ihn schenken konnte.«

»Aber die Zwillinge kommen doch wieder«, warf Niko in seiner praktischen und besonnenen Art ein. »Sie hätten den beiden den Zoo doch später schenken können.«

»Sicher. Aber später ist nicht mehr Heiligabend. Es war mein Weihnachtsgeschenk. Es ist nicht dasselbe, verstehst du?«

»Waren Sie denn auch auf die Zwillinge wütend?«, fragte Paul, noch immer mit ungläubigen Augen.

»Nein, natürlich nicht. Oder vielleicht ein bisschen. Sie können ja längst telefonieren, warum haben sie mich nicht angerufen, um mir zu sagen, dass sie wegfahren? Aber vielleicht bin ich ungerecht, wahrscheinlich sind sie völlig unvorbereitet abgereist.« Er versuchte zu lächeln. »Meine Frau ist ziemlich chaotisch, sie kommt immer zu spät und ist eigentlich immer in Eile. Ich kann mir schon vorstellen, wie sie die beiden aus dem Haus gescheucht hat. Ich nehme fast an, dass es eine Überraschung war und sie den Kindern bewusst verschwiegen hat, dass sie verreisen werden.«

»Also waren Sie auf Ihre Frau wütend?«, wollte Julia wissen.

Er zögerte. »Ja, so muss es wohl gewesen sein, Julia. Es war sehr dumm, was ich getan habe. Schließlich tue ich mir selbst am meisten weh, wenn ich Dinge zerstöre, die ich mit viel Mühe und Liebe hergestellt habe. Aber es war wie …« Er suchte nach Worten. »… wie ein Gewitter, das über mich gekommen ist. Ich musste es donnern und blitzen lassen, sonst wäre ich erstickt. Als Marie dann plötzlich auftauchte, war es mit einem Schlag vorbei. Es war, als wachte ich aus einem Albtraum auf. Ich habe mich geschämt, als ich merkte, was ich angerichtet hatte. Aber da war es zu spät. Der ganze Zoo lag schon in Scherben.«

»Mann!«, sagte Paul, zwischen Bewunderung und Anteilnahme schwankend. »Und wir dachten schon, Sie sind vielleicht ein Verbrecher.«

»Paul!«, mahnte Eva.

Doch ihr Nachbar schien es nicht schwer zu nehmen, er lachte sogar. »Tatsächlich? Warum denn?«

Paul grinste vergnügt. »Vor allem Julia hat das vermutet.

Weil Sie immer mit schweren Taschen in Ihrem Schuppen verschwunden sind und mit leeren wieder rauskamen. Sie hat gedacht, dass Sie klauen und Ihre Beute im Schuppen verstecken.«

Julia funkelte den Bruder wütend an, ihr Gesicht war rot angelaufen, aber Paul übersah das einfach.

»Der Ton ist eben schwer«, erklärte Martin Meisner gelassen. Er schien angesichts dieser Verdächtigungen nicht im mindesten erschüttert zu sein, er zwinkerte Julia sogar zu, was sie noch tiefer erröten ließ.

»Und warum waren Sie immer so unfreundlich zu uns?«, wollte Niko jetzt wissen.

»Unfreundlich wollte ich nicht sein, Niko, aber ich war sehr mit mir selbst beschäftigt. Kannst du das verstehen?«

»Ich glaube schon.«

»Es fällt mir schwer, mich von meiner Familie zu trennen, ich vermisse meine Kinder sehr. Seit ich hier wohne, habe ich sie ein paarmal ganz kurz gesehen, aber das waren schreckliche Situationen, angespannt und irgendwie … falsch. Ich musste ständig an die beiden denken und war sehr unglücklich, vielleicht habe ich deshalb so unfreundlich gewirkt. Und dann …«

Sein Blick glitt zu Eva hinüber, kehrte aber gleich wieder zu den Kindern zurück. »Ich hatte von Bergmanns erfahren, dass euer Vater und eure Großeltern verunglückt sind. Deshalb wollte ich mich nicht aufdrängen.«

»Aber mit Marie haben Sie sich doch auch angefreundet!«, wandte Julia ein.

»Ja«, gab Martin Meisner zu. »Marie und ich sind Freunde geworden. Ich konnte sie gut um mich haben. Sie sprach nicht, ich sprach wenig, und ich habe bald gemerkt, dass niemand von ihren Besuchen bei mir wusste, und das war mir sehr recht.«

»Und jetzt sind Sie hier«, stellte Paul fest.

»Ja, jetzt bin ich hier.« Er holte tief Luft, lächelte einmal in die Runde. »So, das war die Geschichte. Jetzt würde ich lieber wieder über etwas anderes reden, wenn ihr nichts dagegen habt.«

Einige Sekunden lang herrschte Schweigen, die Befangenheit war fast wieder so groß wie zu Beginn des Abends.

Dieses Mal war es Julia, die als Erste das Wort ergriff. »Ich bin froh, dass Sie nun doch kein Verbrecher sind«, sagte sie. »Aber Detektivin werde ich trotzdem.«

»Und bestimmt eine ganz großartige«, versicherte Martin Meisner ernsthaft. »Bei meinem Verhalten konnte man auch wirklich Verdacht schöpfen.«

Julia errötete erneut heftig, stand aber trotzdem auf und streckte ihm die Hand entgegen. »Es war nett, dass Sie uns das erzählt haben«, sagte sie überraschend. »Sie hätten auch versuchen können, sich herauszureden.«

Nach diesen Worten ihrer Schwester wollten Niko und Paul nicht abseits stehen. Sie wechselten ebenfalls einen festen Händedruck mit ihrem neuen Nachbarn. Es war eine fast feierliche Atmosphäre.

Fast wie ein Ritterschlag, dachte Eva, amüsiert und gerührt zugleich.

ZEHNTES KAPITEL

Das Telefon klingelte.

Eva sah auf die Uhr. »Du liebe Güte, das wird meine Mutter sein!«, rief sie. »Die habe ich völlig vergessen. Ich hatte ihr zwar gesagt, dass ich morgen anrufe, aber …«

»Ich geh schon ran, Mama«, sagte Niko. »Oma will bestimmt sowieso mit uns sprechen.« Er sah zu seiner jüngsten Schwester hinüber. »Auch mit dir, Marie. Wollen wir sie überraschen?«

Marie nickte; Julia und Paul waren sofort Feuer und Flamme. »O ja, wir verraten vorher nix«, sagte Paul. »Mann, die wird vielleicht staunen!«

Eva ließ die Kinder gewähren. Für ihre Eltern würde es eine wunderbare Weihnachtsüberraschung sein, dass Marie wieder sprach.

Nach Niko telefonierten alle Kinder mit Evas Mutter – ganz zum Schluss war Marie an der Reihe. »Frohe Weihnachten, Omi!«, sagte sie. Eine Weile hörte sie zu, dann reichte sie den Hörer an ihre Mutter weiter. »Omi weint, Mama!«

Eva verließ mit dem Telefon das Wohnzimmer und verzog sich in die Küche. »Mama, was ist? Nun wein doch nicht so! Oder geht es Papa schlechter?«

»Nein, nein, es ist wegen Marie. Dass sie wieder spricht … das ist das schönste Weihnachtsgeschenk, Evchen.«

»Ja, das finde ich auch.«

»Ich kann es noch gar nicht glauben. Ein solches Glück! Nein, ein Wunder. Ein echtes Weihnachtswunder.«

Ja, dachte Eva. So konnte man es durchaus nennen. Es waren sogar mehrere Wunder geschehen an diesem Tag, aber davon würde sie ihrer Mutter ein anderes Mal erzählen.

Nach dem Gespräch kehrte sie ins Wohnzimmer zurück. Sie hatte einen Entschluss gefasst.

»Morgen gibt's Gans«, sagte sie. »Meine Güte, die muss ich ja noch füllen, das habe ich auch vergessen! Wollen Sie am späten Nachmittag zum Essen kommen, Herr Meisner? Oder früher, wenn Sie möchten. Vormittags gehen wir auf den Friedhof und in die Kirche, aber danach ...«

Ohne zu zögern, nahm er die Einladung an. »Sehr gern. Aber Geschenke für Sie und die Kinder werde ich bis dahin noch immer nicht haben.«

»Ach, Geschenke ...«, sagte Eva.

»Die können Sie nachliefern«, bot Paul großzügig an.

»Ach ja?«, meinte Eva, der das peinlich war. »Dann müsst ihr aber auch etwas nachliefern, Paul!«

»War nicht ernst gemeint!«, beteuerte er sofort, woraufhin natürlich alle lachten.

»Kann ich Bülent auch einladen, Mama?«, fragte Paul. »Ich meine, eigentlich wollte ich ihn ja morgen besuchen, aber er könnte vielleicht auch zu uns zum Essen kommen, was meinst du?«

»Gern«, sagte Eva. Sie nahm diese Frage äußerlich gelassen hin, freute sich jedoch mehr darüber, als sie hätte sagen können. Das Leben kehrte wieder ins Haus zurück.

»Ich ruf ihn gleich an«, sagte Paul und wollte aus dem Zimmer rennen.

Eva hielt ihn zurück. »Weißt du, wie spät es ist? Um diese Zeit kannst du nirgends mehr anrufen!«

»Ach, die bleiben immer bis in die Puppen auf, wenn es was zu feiern gibt«, behauptete Paul unbekümmert und verschwand, ehe sie einen weiteren Einwand vorbringen konnte. Wenig später hörten sie ihn sagen: »Klasse, ich hab auch die CD gekriegt. Mann, Bülent, wenn ich dir erzähle, was bei uns alles los war ...«

Eva lächelte ihrem Gast entschuldigend zu, doch ihn schien es nicht zu stören, dass er offenbar eine der Sensationen des Abends war.

Paul kehrte zurück und strahlte über das ganze Gesicht. »Bülent hat das Vogelbuch gekriegt. Jetzt können wir die Vögel, die wir beobachten, richtig bestimmen. Er kommt morgen, Mama, und bringt das Buch mit.«

»Schön!«, sagte Eva. »Am See gibt es ja eine Menge Vögel zu beobachten.«

Sie ließ ihren Blick durchs Zimmer schweifen. Alle waren zufrieden. Julia führte stolz ihren neuen Pullover vor, Paul unterhielt sich mit Martin Meisner über Vögel, Niko blätterte versunken in seinem Buch, und Marie saß still auf dem Sofa, ihr Häschen in der Hand. Sie schien über etwas nachzudenken.

Ein Geräusch lenkte Evas Aufmerksamkeit plötzlich auf ihren Ältesten, der hektisch sein Handy aus der Tasche zog und einen Blick darauf warf. Sein Gesicht rötete sich, während er ein paar Tasten drückte und die Mitteilung las, die er gerade erhalten hatte. Eva ließ ihn nicht aus den Augen.

Niko strahlte über das ganze Gesicht. Sie lächelte ihm zu. Habe ich es dir nicht gleich gesagt?, hieß dieses Lächeln.

Er rannte glücklich aus dem Zimmer. Natürlich musste er Emma sofort antworten.

Später sagte Julia: »Sie können einen neuen Zoo für Ihre Kinder töpfern. Bis die wieder zurückkommen, haben Sie den längst fertig.«

»Etwas länger dauert es schon, Julia.«

»Aber Sie könnten wenigstens einige Tiere machen«, schlug Niko vor.

»Ich finde auch, dass Sie das tun sollten«, sagte Paul. »Es ist ungerecht, die Zwillinge dafür zu bestrafen, dass sie verreisen mussten. Sie sind bestimmt enttäuscht, wenn Sie ihnen überhaupt nichts schenken.«

»Und vielleicht wird der neue Zoo sogar noch schöner«, meinte Julia. »Sie haben doch jetzt richtig Übung.«

»Was meinst du, Marie?«, erkundigte sich Martin Meisner. »Und Sie, Frau Roth, wie sehen Sie das?«

»Ein neuer Zoo!«, sagte Marie, ohne zu zögern.

Auch Eva nickte. »Ein neuer Zoo. Unbedingt.«

»Wenn alle dafür sind, kann ich ja schlecht als Einziger dagegen sein.« Martin Meisner lächelte. »Ich hatte mir das eigentlich auch schon überlegt. Und wenn ich jetzt so viel moralische Unterstützung bekomme, schaffe ich es sicher auch ein zweites Mal. Aber ein paar von den Scherben werde ich behalten, zur Erinnerung an das, was ich getan habe.«

»Damit Sie es nicht noch mal machen?«

»So ungefähr, Paul.«

»Dürfen wir dann auch mal zugucken, wenn Sie den neuen Zoo machen?«, fragte Julia.

»Ja, das dürft ihr, aber nicht dauernd. Ich brauche Ruhe bei der Arbeit. Wenn ich mich nicht konzentrieren kann, werden die Tiere nicht schön.«

»Wie viele waren es eigentlich?«, wollte Paul wissen.

»Fünfzehn.«

»Ganz schön viel«, sagte Paul beeindruckt, und seine Geschwister stimmten ihm zu.

Marie verließ auf ihre leise Art das Zimmer und blieb ziemlich lange fort. Als Eva sich gerade auf die Suche nach ihr machen wollte, kam sie zurück und hielt etwas in der rechten Hand, das man nicht sofort erkennen konnte.

»Was hast du da, Mariechen?«, fragte Eva.

Die Kleine streckte ihr die Hand entgegen. Was sie geholt hatte, war ein Löwenkopf aus bemaltem Ton: ein Haupt mit wilder Mähne und funkelnden Augen, eine wunderhübsche, sehr naturgetreue Arbeit, die freilich am Hals endete, mit einer Art Halskrause, zackig und zersplittert. Der Löwe hatte den Körper verloren.

»Woher hast du den?«, fragte Eva erstaunt.

»Aufgehoben«, antwortete Marie. »Er ist noch heil.«

Eva sah zu ihrem Gast hinüber.

»Der Löwe war mein Meisterstück«, sagte er wehmütig. »Auf ihn war ich ganz besonders stolz. Ich wusste nicht, dass der Kopf ganz geblieben ist und du ihn mitgenommen hast, Marie. Darf ich ihn mal haben?«

Marie nickte.

Er nahm ihn vorsichtig in die Hand, als habe er Angst, dem Löwen noch weitere Verletzungen zuzufügen. Während er ihn betrachtete, verschloss sich sein Gesicht, und er wirkte plötzlich wieder wie der unfreundliche Mann, der seine Ruhe haben wollte. Aber sie wusste ja jetzt, dass er nur ein trauriger Mann war.

»Der sieht klasse aus«, stellte Paul bewundernd fest. »Richtig lebendig. Den hätte ich gerne mal gesehen, als er noch heil war.«

»Ich auch«, sagte Julia.

»Der Löwe hat ein Loch im Hals«, sagte Marie.

Eva warf Martin Meisner einen fragenden Blick zu, doch auch er schien nicht zu wissen, worauf das Kind hinauswollte. »Ja und, Mariechen?«

»Er kann unsere Christbaumspitze sein, bis wir eine neue haben. Dann ist er ein richtiger Weihnachtslöwe.« Erwartungsvoll schaute sie Eva an.

Julia fing als Erste an zu kichern, dann prustete Paul laut heraus. Auch Niko lachte, und zum Schluss ließ sich sogar Marie anstecken. Sie wusste vielleicht nicht, was an ihrem Vorschlag so komisch war, aber ihr Lachen klang so unbeschwert wie früher.

Eva konnte es nicht fassen: Zum ersten Mal seit langer Zeit wurde in diesem Haus wieder herzhaft gelacht. Und wie wenig war dazu nötig gewesen! Sie blickte zu Martin Meisner hinüber, entdeckte das Lächeln in seinen Augen und erwiderte es.

Sie war glücklich. Darüber, dass dieser ganze lange schreckliche Tag schließlich in einen solchen Abend gemündet war: friedvoll und ruhig, ja sogar heiter und voller Überraschungen. Es war tatsächlich für sie alle ein schöner Heiligabend geworden.

Ein unerwartetes Geschenk.

Martin Meisner stand auf, nahm Marie den Löwenkopf

ab und näherte sich dem Baum von der Seite, an der die ersten Kerzen bereits erloschen waren. Er war so groß, dass es ihm keine Mühe bereitete, den Löwenkopf auf die Spitze der Tanne zu stecken.

»Wie findet ihr es?«, fragte er.

Alle betrachteten den Baum in seinem schönen Schmuck, der im Widerschein der Kerzen rotgolden aufleuchtete. Der Löwe thronte auf der Spitze, als betrachte er von dort sein unter ihm liegendes Reich: ein Herrscher, der nichts Wildes hatte, sondern eher stolz dreinschaute.

Paul brach das Schweigen als Erster. »Er sieht klasse aus!«, sagte er zutiefst beeindruckt. »Ehrlich, Marie, die Idee war super! So eine Christbaumspitze hat niemand außer uns.«

Julia und Niko waren seiner Meinung, und Marie sonnte sich in ihrem Lob.

»Und du, Mama?«, fragte Niko.

»Ich konnte es mir ja zuerst nicht richtig vorstellen«, gab Eva zu, »aber ich bin ganz eurer Meinung: Der Weihnachtslöwe sieht wirklich klasse aus.«

Bald darauf wurden die Kinder müde. Julia hatte bereits mehrfach verstohlen gegähnt, war aber noch nicht bereit, ins Bett zu gehen. Auch Marie, die wieder neben Martin Meisner auf dem Sofa saß, wurde schläfrig. Niko und Paul verabschiedeten sich und zogen sich mit ihren Geschenken in ihr Zimmer zurück. Es war schon spät – später, als es bisher jemals an Heiligabend geworden war. Aber darauf kam es nicht an.

Eva ersetzte die abgebrannten Kerzen durch neue und zündete sie an. Die roten Kugeln und Glöckchen verbreiteten warmes Licht, behaglich wie ein Feuer im Kamin. Sie setzte sich auf Maries andere Seite, legte den Kopf in den Nacken und betrachtete das friedliche Bild, das sich ihr bot. Michael fehlte ihr in diesem stillen Augenblick schmerzlich, aber dennoch spürte sie, dass sich etwas verändert hatte. »Das Leben geht weiter«, wie oft hatte sie sich diese schlichte Botschaft in den letzten Monaten anhören müssen. Wenn sie diesen Satz zu hören bekam, war sie verletzt gewesen über so viel Unverständnis für ihre Trauer. Manchmal hatte sie sogar die Straßenseite gewechselt, um einem bekannten Gesicht auszuweichen, aus Angst, diesen Satz wieder ertragen zu müssen. Eva seufzte und gestand sich ein, dass er vielleicht doch eine Wahrheit beinhaltete.

Ja, so musste es sein. Sie trauerte und wünschte sich die Vergangenheit zurück – aber das Leben würde sich letzten Endes durchsetzen. Und vielleicht würde sie eines Tages lächelnd und voller Freude über die gemeinsame Zeit, die ihnen vergönnt gewesen war, an Michael zurückdenken können.

Eines Tages. Irgendwann.

Sie blickte zur Baumspitze hinauf, wo Maries Weihnachtslöwe saß: auch er ein Symbol dafür, dass sich alles veränderte, dass nichts jemals blieb, wie es war. Dabei wünschte man sich in glücklichen Stunden nichts sehnlicher. War man aber unglücklich, barg diese Erkenntnis Trost: Wenn nichts blieb, wie es war, musste auch das Unglück ein Ende finden.

Eines Tages. Irgendwann.

ELFTES KAPITEL

Julia hatte schon einen Fuß auf der Leiter, um nach oben in ihr Bett zu klettern, als sie es sich anders überlegte. Sie trat an Maries Bett. Ihre kleine Schwester hatte sich bereits zusammengekringelt, das neue Häschen neben sich, ihren Plüschlöwen im Arm. Julia kniete sich hin und umarmte sie. »Gute Nacht, Marie«, sagte sie.

Die Kleine schmiegte sich an sie, die Lider schon schwer vom Schlaf. »Ist er jetzt auch dein Freund?«, murmelte sie.

»Mal sehen!« Julia richtete sich auf, kletterte nach oben und ließ sich auf ihr Bett fallen. »Du hättest mir ruhig was über ihn erzählen können!«

Marie antwortete nicht mehr, sie war eingeschlafen.

Einerseits war es eine Enttäuschung, fand Julia, dass sie den Mann, wie sie ihn in Gedanken noch immer nannte, nun nicht weiter zu beschatten brauchte. Andererseits war die Aussicht, seinen Schuppen und sein Haus betreten zu dürfen, durchaus reizvoll. Sie wollte ihn gern einmal besuchen und beim Töpfern zuschauen. Vielleicht würde sie irgendwann auch Benny und Tina kennen lernen. Komisch, dass der Mann Zwillinge hatte. Auf die Idee war sie gar nicht gekommen. Ob die zwei sich wohl zum Verwechseln ähnlich sahen? Es war jedenfalls ein schönes Weihnachtsfest gewesen, und das hatte auch mit dem Mann zu tun. Mit dem »Weihnachts-Mann«. Julia kicherte leise und drehte sich auf die andere Seite.

»Marie?«, flüsterte sie noch einmal in die Dunkelheit.

Sie bekam keine Antwort, aber das war nicht schlimm. Marie sprach ja wieder, sie konnte morgen mit ihr reden.

Ein Weihnachts-Mann und ein Weihnachts-Wunder, dachte Julia noch, bevor auch sie in den Schlaf hinüberglitt.

Paul ließ sich ins Bett fallen. »Es war heute ein bisschen wie früher, nicht? Wir haben richtigen Spaß gehabt.«

»Ja«, antwortete Niko nachdenklich. »Das stimmt.«

»Glaubst du, Papa wäre traurig, wenn er wüsste, dass wir wieder Spaß haben, obwohl er nicht mehr da ist?«

Es dauerte eine Weile, bis Niko antwortete. »Nein, ich glaube nicht.«

»Vielleicht wird es jetzt wieder so ähnlich wie früher. Meinst du nicht auch?«

»Schon möglich. Genauso wird es aber nie mehr sein.«

Pauls Atemzüge wurden schwerer, er war auf einmal sehr müde. »Ich bin froh, dass ich hier geblieben bin«, murmelte er.

Niko wartete, bis er sicher sein konnte, dass Paul schlief. Dann nahm er sein Handy und las noch einmal die SMS, die er vorhin bekommen hatte. Emma hatte sie ihm geschickt. Sie lautete: »Ich mag dich auch. Kannst du am 27.? Um drei im Stadtpark?«

Im Stadtpark! Niko lächelte breit in die Dunkelheit über diesen Vorschlag. Der Stadtpark hatte in den Geschichten seiner Eltern immer eine große Rolle gespielt.

»Dort habe ich eure Mama gefragt, ob sie mich heiraten will.« Wie oft hatte sein Vater ihnen das erzählt! »Zum Glück hat sie nicht lange gezögert, denn es war ein ziemlich kalter Wintertag.« Er hörte die Stimme seines Vaters und vermisste ihn ganz schrecklich. Aber nach einer Weile ließ der Schmerz nach, und Niko entspannte sich wieder. Wahrscheinlich würde es noch eine Weile so sein.

Vielleicht würde er Emma sogar erzählen, dass das letzte Jahr schwer gewesen war. Für ihn, für seine Mutter, für seine Geschwister. Er würde ihr sagen, wie sehr sein Vater ihm immer noch fehlte, dass aber der gefürchtete Heiligabend völlig anders verlaufen war als erwartet. Und er würde Emma bitten, von sich zu erzählen, denn er wusste ja fast nichts von ihr. Vielleicht würde er das sogar als Erstes tun und erst dann von sich erzählen.

Obwohl er das Gefühl hatte, noch immer hellwach zu sein, fing er bald an zu träumen.

»Sehr nette Kinder haben Sie«, sagte Martin Meisner. »Ich bin froh, dass ich den heutigen Abend hier bei Ihnen verbringen durfte, Frau Roth. Sie ahnen ja gar nicht, wie ich mich vor diesem Weihnachtsfest gefürchtet habe.«

»Vielleicht doch«, erwiderte Eva leise. »Mir ist es nämlich genauso gegangen.« Sie sah ihn an. »Wie hat das eigentlich angefangen mit Marie und Ihnen?«

»Sie ist eines Tages in meinen Schuppen geschlüpft, als ich am Töpfern war, sagte kein einziges Wort und sah mir nur zu. Als ich begriffen hatte, dass sie nicht reden will, habe ich sie einfach in Ruhe gelassen. Von da an ist sie oft gekommen. Ihren Namen wusste ich, weil ich Sie öfter nach ihr rufen hörte. Sind Sie böse auf mich, dass ich Ihnen nichts von Maries Besuchen erzählt habe?«

Eva schüttelte den Kopf und lächelte. »Nein. Ich bin nur

froh, dass sie wieder spricht. Es ist überhaupt so viel geschehen in den letzten Stunden. Es kommt mir vor, als sei mein Kummer mit einem Mal leichter zu tragen.« Sie war selbst erstaunt über diese Erkenntnis.

»Tatsächlich?« Sein Blick war voller Anteilnahme.

Sie nickte. Wie sollte sie ihm erklären, was sie empfand? Ihre Kinder hatten ihr den Weg gewiesen, so war es wohl. Jedes auf seine Weise: Niko, der sich verliebt und ihr davon erzählt hatte. Paul, der sich nach Lachen sehnte und deshalb hatte flüchten wollen. Julia und Marie, die tatsächlich geflüchtet waren: die eine in Fantasiegeschichten, die andere in Schweigen. Und zu einem Ersatz-Vater.

Ihre Kinder waren klüger gewesen als sie selbst. Sie hatten getrauert, aber sie hatten es instinktiv nicht zugelassen, dass ihre Trauer und dieses Gefühl eines unersetzbaren Verlustes alles andere erstickten und das Leben unter sich begruben.

Vorsichtig versuchte sie, ihre Gedanken in Worte zu fassen. Martin Meisner hörte ihr aufmerksam zu, den Oberkörper vorgebeugt, die Ellbogen auf den Knien, das Gesicht in beide Hände gestützt, die Augen halb geschlossen. Mehrmals nickte er. Je länger sie sprach, desto sicherer fühlte sie sich. Manchmal musste sie nach Worten suchen, doch das machte nichts, sie hatten ja Zeit, niemand drängte sie. Er war ihr fast fremd, und dennoch konnte sie offener mit ihm sprechen als etwa mit ihrer Mutter.

»Ja«, sagte er schließlich leise, »so ist das wohl. Sie sind sehr viel weiter als ich, Frau Roth. Ich habe diese Schritte alle noch vor mir.«

Sie erwiderte etwas, das noch am Tag zuvor undenkbar

gewesen wäre: »Wir sind ja auch noch da, Herr Meisner. Sie sind nicht allein.«

Ganz plötzlich lächelte er. »Es ist schön, dass Sie das sagen.« Er sah auf die Uhr und erhob sich. »Es wird Zeit, dass ich gehe. Danke für diesen Abend, Frau Roth.«

Eva brachte ihn zur Tür. Es schneite schon wieder, und es war dunkler geworden, denn der Mond war gerade hinter einem Wolkenschleier verschwunden. Trotz der eisigen Kälte, die ihr entgegenschlug, fröstelte sie nicht.

Er stand neben ihr auf der Türschwelle und sah ebenfalls zum Himmel hoch. »Gleich morgen fange ich mit dem neuen Zoo an«, sagte er.

»Ich bin sicher, die Kinder werden zwischendurch bei Ihnen vorbeischauen.«

»Sie sind mir alle vier herzlich willkommen.«

Sie legte eine Hand auf seinen Arm. »Ihre Kinder werden sich über Ihr Geschenk sehr freuen, auch wenn sie es mit Verspätung bekommen«, sagte sie. »Ich finde schon, dass Sie um sie kämpfen sollten. Kinder brauchen ihren Vater. Sie werden einen Weg finden.«

»Danke«, sagte er leise. »Danke dafür, dass Sie mir Mut machen.«

Ihre Blicke trafen sich. Er wirkte plötzlich verlegen, wusste offensichtlich nicht, wie er sich verhalten sollte. Sie trat einen Schritt vor, stellte sich auf die Zehenspitzen und küsste ihn vorsichtig auf die Wange. Sein Bart kratzte ein bisschen, sie empfand es jedoch nicht als unangenehm. Seit fast einem Jahr war sie keinem Mann mehr so nahe gekommen, von ihrem Vater und Niko einmal abgesehen. Er duftete nach einem Rasierwasser, das sie nicht kannte.

»Bis morgen«, sagte sie. »Oder vielmehr: Bis nachher. Und frohe Weihnachten.«

»Frohe Weihnachen!«

Sie sah ihm nach, wie er vorsichtig über die glatten Steine zum Gartentor ging, auf den Bürgersteig hinaustrat und dann nach rechts abbog. Als er vor seiner Haustür stand, hob er die Hand und winkte noch einmal zu ihr herüber.

Sie winkte zurück, dann ging sie hinein.

Im Wohnzimmer war es dunkel, eine einzige Kerze blakte noch, die anderen waren bereits erloschen. Es herrschte ein wildes Durcheinander, aber Eva ließ es so. Morgen war genug Zeit zum Aufräumen. Sie verschloss Vorder- und Hintertür und begab sich nach oben in ihr Schlafzimmer.

Dort holte sie die Granatbrosche und den bunten Schal aus der Schublade. Den Schal legte sie ordentlich gefaltet in ihren Schrank. Vielleicht würde sie ihn ab und zu herausnehmen und sich bei seinem Anblick an Michaels Fröhlichkeit und sein Lachen erinnern.

Dann nahm sie die Brosche aus dem Kästchen und betrachtete sie lange. Sie war noch immer so schön wie vor fünfzehn Jahren. Michaels Geschenk. Sie würde sie morgen tragen, auf einem hellen Kleid, auf dem sie besonders gut zur Geltung kam.

Sie legte die Brosche auf den Nachttisch und trat zum Fenster. Die Wolkenschleier waren verschwunden, der Himmel war wieder sternenklar. Der Mond schickte sein silbriges Licht zur Erde. Sie stellte sich vor, dass Michael irgendwo da oben war und alles, was sie und die Kinder taten, von dort verfolgte. Es war eine kindliche Vorstellung, aber sie gefiel ihr.

»Ich finde, wir haben es heute ganz gut gemacht«, flüsterte sie einem der Sterne zu. »Meinst du nicht auch?«

Oft genug hatte sie verzweifelt auf ein Zeichen gewartet, darauf, dass Michael sie auf irgendeine Weise wissen ließ, dass er sie gehört hatte; dass er bei ihr war, trotz allem. Das tat sie jetzt nicht. Sie lächelte noch einmal zum Himmel hinauf, dann wandte sie sich ab.

EPILOG

★

Im Mondlicht näherte sich ein Mann der Schneefamilie im Garten. Das Haus lag in tiefer Dunkelheit, kein Laut war zu hören. Es hatte wieder angefangen zu schneien, aber es waren nur wenige Flocken, die vom Himmel heruntertanzten.

Der Mann betrachtete die Figuren nachdenklich von allen Seiten, dann machte er sich an die Arbeit. Direkt vor der Familie formte er einen großen, lang gestreckten Körper, der am Boden lag, fügte diesem vier angewinkelte Beine mit kräftigen Tatzen und einen Schwanz hinzu.

Er arbeitete sehr konzentriert, und schon nach kurzer Zeit wurde ihm warm, trotz der Kälte. Schließlich trat er einen Schritt zurück, betrachtete sein Werk aufmerksam mit schief gelegtem Kopf und brachte noch einige Korrekturen an: Der Körper wurde voller, die Tatzen kräftiger. Als er endlich zufrieden war, ließ er aus dem Körper einen festen, breiten Hals wachsen, und auf diesen Hals setzte er ein mächtiges Haupt.

Er arbeitete lange daran, trat immer wieder zurück, betrachtete das Haupt mit halb geschlossenen Augen und setzte seine Arbeit anschließend fort. Lange gefiel ihm der Ausdruck des Tiers nicht, immer wieder veränderte er etwas daran. Endlich aber griff er in seine Tasche und holte heraus, was er mitgebracht hatte: schmale Streifen von Strohhalmen für die Barthaare, ein altes Fell für die Mähne, zwei bemalte Steine für die Augen und eine schwarze, spitz gezackte

Scherbe für den Mund. Sogar an die Ohren hatte er gedacht, zwei runde Dosendeckel ragten aus dem Fell hervor.

Wieder trat er einen Schritt zurück und dachte nach. Dann ließ er aus dem kleinsten Schneekind einen zarten Arm wachsen, der sich dem Löwen sanft aufs Haupt legte.

Nach einem letzten Blick auf sein Werk verließ er den Garten, durchquerte seinen eigenen und verschwand im Haus nebenan.